ジョッキーズ・ハイ

島田明宏

集英社文庫

ジョッキーズ・ハイ

一

前を走る馬の蹴り上げた砂がゴーグルを叩《たた》く。

ダガダン、ダガダン、ダガダン。騎乗馬の蹄音《ていおん》が腹に響く。その蹄音は、ときに他馬のそれと共鳴し、ときに打ち消し合う。さらに、耳朶《じだ》をこする風切り音と、騎手たちが鐙《あぶみ》をぶつけ合う金属音、「邪魔だ！」「あけろ！」「フラフラ走ってんじゃねえ！」といった怒声が重なる。

一色純也《いっしきじゅんや》は、北関東競馬会が主催する常総《じょうそう》競馬場のダート一八〇〇メートルのレースで、単勝一番人気のココロパンチに騎乗していた。

遠心力を感じながら、最終の第四コーナーを右に回る。

スタンドが前方に迫ってきた。コースに面したガラスが夏の陽《ひ》を撥《は》ね、これから出航する巨大な客船のように見える。

歓声と実況アナウンスが聞こえはじめた。

純也は、手綱を握る両手に、抜群の手応えを感じていた。鐙を踏む足の裏にも、騎乗馬ココロパンチのあり余るエネルギーが伝わってくる。

——よし、これなら勝てる。

常総競馬場の直線は三〇〇メートル。先頭との差は五馬身ほどか。距離にして一二、三メートル。前につけている馬はどれも余力がなさそうだ。

ここでエネルギーを小出しにせず、力を溜《た》めに溜めて、最後の二〇〇メートルで爆発させる。そうすれば間違いなくココロパンチは突き抜ける。弓を極限まで引き絞って鋭い矢を飛ばすのと同じだ。

一番人気の馬に乗ったのはいつ以来だろう。やはり、強い馬に乗れば、純也でも勝てるのだ。

直線に向いた。あとは大外《おおそと》をまっすぐ走るだけでいい。まだ動くのは早い。もうひと呼吸、いや、ふた呼吸待ってからゴーサインを出そう。

このレースを勝てば、今年の六勝目。一カ月ぶりの勝利となる。

——あ、あれ、どうした?

直線入口で、突如ココロパンチが全身の筋肉を収縮させた。そして、次の動作で、首を大きく下げた。

純也は、手綱をつかんだ両手を引っ張られ、前のめりになってバランスを崩した。

ココロパンチが自分でラストスパートをかけたのだ。

―いや、まだ早いって！

純也が手綱を引いても反発し、凄《すさ》まじい勢いで前に行こうとする。

このまま手綱を引きつづけるべきか、それとも追い出して全力疾走させるべきか。

迷いながら手綱を握る純也と、前に行きたい気持ちを抑えられないココロパンチの呼吸が合わず、人も馬もフォームがバラバラになった。

それでもゴールは近づいてくる。

―や、やばい。参った。

気がつけば、ラスト二〇〇メートル地点を通過していた。

あと十秒ほどで勝敗は決する。

―うわーっ、どうしよう。

純也は慌てて手綱をしごき、鞭《むち》を振るった。

内で粘っていた先行馬をかわした。

歓声のボリュームが一気に高まった。

全身がこわばり、膝が震えはじめた。手の感覚もおかしくなり、握っている鞭を落としそうになる。

それでもココロパンチはトップスピードに達した。さすが、鞍上《あんじょう》が三流でも一番人気になるだけの実力馬だ。

しかし、そこまでだった。

ゴールの手前で、ふっと抜けたように手応えがなくなった。そして、ガス欠したバイクのように失速した。

外から一頭にかわされた。もう一頭にも。

どうにか惰性でゴールを駆け抜けたココロパンチは、三着だった。

勝てるレースだった。が、結果として、動き出すのが早くなりすぎ、脚の使いどころを誤った。勝利を意識した純也の気持ちの揺れが手綱を握る力の微妙な変化となり、馬に伝わってしまったのか。

「バカヤロー、金返せ！」

「このヘタクソ野郎が、やめちまえ！」

観客席から野次が飛ぶ。

スタンド脇の馬道《うまみち》に入り、検量室の前に戻った。

勝った騎手が、馬主と調教師に笑顔で迎えられている。それを横目に、「3」と記された三着馬の枠場《わくば》にココロパンチを入れ、背から飛び下りた。

また騎乗ミスで負けてしまった。

一年目は怒鳴られた。二年目は叱言《こごと》を言われて睨《にら》まれた。三年目になると舌打ちや溜め息で迎えられ、四年目以降、相手の反応がなくなった。

純也は、今年、デビュー十六年目を迎えた。

ココロパンチの関係者が近づいてきた。

「申し訳ありません！」

純也は、腹の底から声を出し、深々と腰を折った。汗で湿った鞍《くら》を左手で抱え、鞭を握った右の拳を臍《へそ》に押し当てる。そうして頭を下げたまま、自分の長靴《ちょうか》のつま先を見つめ、ゆっくり三つ数える。この「間」が彼の生命線だ。頭を下げている間に彼の前から関係者が立ち去り、不穏な空気が薄れていく。傍目《はため》には、高級レストランのウエイターが、常連客にお辞儀でもしているように映るだろう。

純也は三十三歳の中堅だ。ただし、中堅というのはあくまでも年齢のことで、成績は下から数えたほうが早い。

今、三着に負けたレースは、この日唯一の乗り鞍だった。

馬主も調教師も、怒りや落胆、後悔、諦めなどさまざまな感情を抱きながら、あえて表に出そうとしない。今年仕事を始めたばかりの若い厩務員《きゅうむいん》もそうだった。同じ失敗を繰り返す騎手に、同じ不満をぶつけることにうんざりしているのだろう。

純也だって、好き好んでミスをしているわけではない。頭ではわかっていても、体が動かないのだ。いつも思ったとおりに騎乗できれば苦労しない。それができればみな一流騎手だ。

厩務員に曳《ひ》かれたココロパンチが、とぼとぼ馬道を歩き、厩舎《きゅうしゃ》へと戻って行く。違う騎手が乗っていれば、今ごろはウィナーズサークルで口取り撮影をして、ファンの喝采を浴びていただろう。

「よっ、詫《わ》びの名手！　相変わらず、頭の下げ方は芸術的だな」

検量室に入ると、競馬学校で同期だった桜井雅春《さくらいまさはる》が話しかけてきた。

「頼むから、『詫びの名手』はやめてくれよ」

「別にいいだろう。褒めてるんだから」

と笑う桜井は、抜群の騎乗テクニックで常時リーディング上位につけている、同期の出世頭だ。今も人気薄の馬を二着に持ってきて、関係者を大喜びさせていた。成績がいいばかりか、一七二センチと騎手にしては長身で、俳優のように整った顔をしている。

二世騎手で、環境にも恵まれ、もともと上手かった桜井が年々腕を上げているのに、純也は、おっかなびっくり乗っていたデビュー当初からさして進歩していない。

桜井と並んでヘルメットを脱ぎ、洗面台で顔を洗う。冷たい水で、泥と一緒に騎乗ミスの悔恨も洗い流す。レースのあと、柔軟剤の匂いがするタオルで顔を拭き、再び目を開けたときに飛び込んでくる眺めが、純也は好きだった。桜井のような一流にも、自分のような三流にも平等に光が注がれ、世界がひらかれていることがわかり、自然と「また頑張ろう」という気持ちになる。この瞬間があるから、ヘボだのヘタクソだのと罵られても、騎手をつづけていくことができる。

「純也、今週の土曜日は暇か」

メインレースに乗る準備をする桜井に訊《き》かれた。ここ北関東では平日に競馬が開催され、週末は休みになることが多い。

「ああ、朝の攻め馬が終わったら何の予定も入ってない」

攻め馬というのは調教のことで、地方競馬の騎手はどの季節も午前三時ごろから乗りはじめる。

「じゃあ、夕方、アウトレットに付き合ってくれよ。サヤちゃんも一緒に」

サヤちゃんというのは、純也が付き合っている夏山沙耶香《なつやまさやか》のことだ。

「桜井夫妻とダブルデートか」

「おう、メインを勝ったら、メシ代はおれが持つからよ」

予告どおり、桜井はメインレースを勝った。密集した馬群の隙間を縫うように抜け出す、見事な手綱さばきだった。

しかし、土曜日に会うという約束は守られなかった。

桜井が、警察から事情聴取を受けることになったからだ。

彼がレースで騎乗した馬から、一時的に競走能力を高める禁止薬物が検出された。競馬法違反の疑いがあるとして、調教師や騎手、厩務員など、その馬の関係者が、常総中央署から事情を訊かれることになったのだ。

北関東競馬会がドーピング事件の発生を関係者に通知したのは、一週間の開催が終わった八月十七日、金曜日の最終レース終了後のことだった。

それはすぐにネットのニュースでも報じられた。

［北関東競馬　競走馬から禁止薬物、失格処分に　警察に届け出］
北関東競馬会は本日八月十七日（金）、北総《ほくそう》市の常総競馬場で八月十三日（月）に行われたレースに出走したミスシャーベット（牝《めす》五歳）から、禁止薬物のスタノゾロール（筋肉増強剤）が検出されたと発表した。同馬を失格処分とし、競馬法違反の疑いがあるとして、常総中央署に届け出た。
同競馬会によると、ミスシャーベットは十二頭中二着となった。桜井雅春騎手らへの賞金など計十二万円は返還させ、三着だった馬を二着に繰り上げる。薬物検査は、十一頭以上のレースの場合、一、二着と任意の一頭の競走馬に実施されている。レース後に検体（尿）を採取し、県内の競走馬医化学研究所で検査したところ、陽性反応が出た。
同競馬会は「原因究明と再発防止に努める」と述べている。

桜井の騎乗馬から薬物が検出されたのは、純也が一番人気のココロパンチに乗って三着に負けた月曜日のレースだ。ゴール前でココロパンチをものすごい勢いでかわして行ったあの馬、ミスシャーベットの末脚《すえあし》は、桜井の腕で引き出されたわけではなく、薬の力によるものだったのだろうか。

記事にある、三着から二着に繰り上がる馬というのは純也のココロパンチだ。騎手は賞金の五パーセントを進上金《しんじようきん》として受け取るので、純也の取り分はいくらか増える。だからといって、喜べるわけがない。関係者のなかで一番知名度が高いからか、桜井の名前だけが記事に載っている。賞金は、主催者から馬主に支払われ、その一部が馬主から進上金として調教師や騎手、厩務員に渡される。それなのに、「桜井雅春騎手らへの賞金など計十二万円は返還させ」と書かれると、まるで主な受取人は桜井で、桜井が中心人物として制裁を受けたかのように誤解されかねない。

検量室の奥で帰り支度をしていた桜井は競馬会の裁決委員に呼び出され、裁決室へと入って行った。

その時点で、明日のダブルデートは無理だろうと純也は思った。

夜、桜井の携帯電話を呼び出してみた。が、呼び出し音を十回以上鳴らしても出ない。ほかに連絡の取りようがないので、通信アプリ「ＬＩＮＥ」で、

〈大丈夫か？〉

とメッセージを入れておいた。

　桜井に対して、嫉妬心がまったくないわけではない。しかし、桜井が毎年百勝以上するのに対し、純也はひと桁しか勝てない。ここまで成績に差があると、仮に桜井が怪我《けが》をしたり、騎乗停止になるなどして乗れなくなった馬が出ても、それが自分に回ってくることはまずない。だから、対抗心を持つ意味がないのだ。桜井に成績の近い騎手は、この事件をチャンスと思っているかもしれないが、純也は、とにかく、ネットのニュースなどで友人の名誉が傷つけられることが腹立たしかった。

「桜井さん、電話に出ないの？」

　タブレットに目を落としたまま沙耶香が訊いた。

　純也と沙耶香はファミリーレストランで夕食を摂ったあと、彼女の部屋で競走馬のドーピングについて調べていた。

「ああ、ＬＩＮＥもしといたけど、見る余裕はないみたいだ」

　送ったメッセージに「既読」の表示は出ていない。

「ねえ、ジュンちゃん。このスタノゾロールって、どんな薬物か知ってる？」

　沙耶香が顔を上げた。長くて濃い睫毛《まつげ》が、透き通るような肌の白さを強調している。

「いや、聞いたことないなあ」

　純也は、ミスシャーベットの尿から検出された「スタノゾロール」をスマートフォンでネット検索した。

三千件近い記事がヒットした。そのひとつによると、スタノゾロールは、筋肉増強剤としても使われるアナボリックステロイドの一種だという。人間のボディビルダーやアスリートに広く使われており、世界記録を樹立した著名な陸上選手が陽性反応を示してメダルを剝奪されたことがある。そのほか、メジャーリーグベースボールの複数のスター選手が使用を疑われている。アメリカの競走馬から陽性反応が出たこともあるという。

沙耶香が肩まで伸びた髪の先を人差し指に巻き付けるようにして梳《す》いている。何かを考えているときの癖だ。

「北関東競馬でステロイドが検出されたのは初めてだよね」

沙耶香が訊いた。澄んだ声で歌うように話すので、ときどき聴き惚《ほ》れてしまい、内容が素通りする。

「あ、ああ。少なくとも、おれが騎手になってからは初めてだ。十年ぐらい前に出たのはニコチンで、その前はカフェインだったかな」

「そのときは、誰がやったのかわからなかったの？」

「カフェインのときは怪しいと言われた人がいたけどね。でも、ニコチンのほうはタバコの吸殻か何かが間違って寝藁《ねわら》に混じって、それを馬が食べたんだろう、ということになった」

沙耶香は純也の言葉に小さく頷《うなず》きながら、ものすごい勢いでタブレットの画面をスクロールしている。こんな読み方でよく内容が把握できるものだ。

「結局うやむやってことか。ニコチンが出たのは林厩舎で、カフェインは山口厩舎。どっちの厩舎も、私が北関東で仕事を始めたときには解散していたものなあ。連絡先を調べてコメントをもらうのは難しいか」

そう言って、溜め息をついた。

沙耶香は、北関東を拠点に、競馬ジャーナリストとして活動している。

先月、二十八歳になった。その若さで、スポーツ新聞や競馬週刊誌、競馬ポータルサイトなどにいくつもの連載コラムを持ち、著書も数冊出している。

筆が立つだけではなく、訊かなくてもお嬢様大学出身とわかる、清楚《せいそ》な美人だ。鼻筋の通った小づくりな顔は、一見とっつきにくそうな印象を与えるが、笑うと急に幼くなる。学生時代女性誌の読者モデルをしていただけあり、バレリーナのように手足が長い。

プライベートでも、人前に出たときも、頭のよさや知識をひけらかすことなく、やわらかく澄んだ声で、淡々と、嫌味のない口調で話す。要は、顔も、スタイルも、頭も、性格も、すべてが極上にいいのだ。

そんな彼女をメディアや主催者が放っておくはずはない。競馬専門チャンネルの番組にキャスターとしてレギュラー出演しているほか、競馬場や近隣の商業施設で行われるイベントやトークショーの司会もこなす。言ってみれば「競馬タレント」である。それも超売れっ子の。

寝る間もないほど忙しい彼女は、純也の数倍の収入がある。赤城山《あかぎさん》を望む高層階にあるこの部屋も、昨年彼女が購入した新築マンションの一室だ。

誰もが羨む才色兼備の夏山沙《さ》耶香と、冴えない三流ジョッキーの一色純也が恋人同士というのは「北関東競馬の七不思議」のひとつと言われている。

七不思議のうち、ほかの六つが何なのか、特に定説があるわけではない。が、確実に入ってくるのは、通算五千勝以上を挙げ「レジェンド」と呼ばれる名騎手・的山道雄《まとやまみちお》が、「北関東競馬の祭典」と呼ばれる北関東ダービーだけはなぜか勝てず、二着が十回もあることか。

純也は北関東ダービーに一度だけ出場したことがある。スターティングゲートを出て第一コーナーに出走馬が殺到する迫力に圧倒され、何もできず最下位に終わった。

今年の北関東ダービーを勝ったのは桜井だった。それが史上最多タイの北関東ダービー四勝目となった。

その桜井からＬＩＮＥでメッセージが来た。

〈悪い。連絡できなくて。明日警察に行く。メシはまた今度〉

純也は返信した。

〈早く解決するといいな〉

すぐに「既読」の表示が出たが、追加のメッセージは来なかった。

沙耶香が電話で誰かと話しはじめた。

「……今回検出されたスタノゾロールは、臨床で普通に使われているのですか？　なるほど。体内にはどのくらいの時間残留するのでしょうか。はい……」

相手は獣医師のようだ。

電話を切った沙耶香が、こちらに向き直った。

「スタノゾロールだけじゃなく、アナボリックステロイドは全部、日本では馬の治療には使われていないんだって。で、どのくらいの時間、馬の体内に残るかは明らかにされていないらしい」

「残留時間がわかると、検査で出ないタイミングで摂取させることができるもんな」

「ただ、ステロイドは、どれも比較的長期間体内に滞留するみたい。十日やそこらで抜けちゃうことはないんだって。だとすると、レースで走らせない間だけ摂取させて、レースが近づいたら使うのをやめる、という方法を採りづらいよなあ……ねえ、ジュンちゃん、聞いてる？」

純也は沙耶香の声をＢＧＭに、手元のスマホに熱中していた。

「あ、ごめん。それより、これ、見てみろよ」

純也はスマホに医薬品のネット販売をしているサイトを表示させた。

スタノゾロールの錠剤がシート単位で売られているサイトがいくつもある。どれも一シートを二千円台で販売している。

「え、これ全部スタノゾロール？」

沙耶香が純也のスマホを手にし、目を丸くした。

「そう、この『メナボル２㎎』が商品名で、ジェネリックらしい。口コミも、これだけたくさんあるんだから、恐ろしいな」

購入者の口コミの日付は最近のものが多い。

〈筋トレしながら飲んでます〉

〈プロテインと併せて使っています〉

〈筋肉は確実に増えたし、疲れにくくなりました〉

など、健康食品やサプリメントと同じような感覚で使っている人が大半のようだ。

これを摂取しながらトレーニングをつづけると、ナチュラルなトレーニングより遥《はる》かに効率よく筋肉量を増やし、筋力をアップさせることができる。

それは、人間にも、馬にも当てはまる。

どんな薬品でも馬専用のものがあるわけではなく、治療などには人間用の薬が使われている。おとなの馬の体重は四〇〇キロ台か五〇〇キロ台が大半なので、人間の五倍から十倍の量を投与するのが一般的だ。

沙耶香が息をついた。

「これじゃあ、馬の治療で使っていなくても、すぐに入手できるじゃない」

「しかも、獣医に限らず、誰でもな」

少しの間、黙って窓の外を眺めてから、沙耶香が言った。

「ジュンちゃんは、どうしてミスシャーベットの尿から禁止薬物が出たと思う?」

「そりゃあ、誰かが、こういう錠剤をカイバに混ぜるなり、砕いて水桶《みずおけ》に入れるなりしたんだろう」

「誰かって、小山内《おさない》先生?」

小山内先生というのは、ミスシャーベットを管理する調教師の小山内のことだ。この世界では調教師を「先生」と呼ぶのが慣例になっている。

「いや、違うだろう。確かに、狡《ずる》いことをやりそうなタイプだけど、バレるとわかっていることを、わざわざ自分でやる意味がない」

「そうだよね。そこをメディアはきちんと説明しなきゃダメだな。少なくとも私の記事では」

「馬の場合、人間のドーピングとは違うからな」

地方競馬でも、JRA(日本中央競馬会)が主催する中央競馬でも、レースで上位に入着《にゅうちゃく》した馬は、直後に薬物検査を受けることが義務づけられている。禁止薬物を使っていつも以上の力を出したとしても、必ず検出される。そして、どれだけいい走りをしようが記録のうえでは失格となり、賞金も入らず、主催者から調教停止や出走停止などのペナルティーを科される。

だから、自分の馬を速く走らせるために、その馬の陣営が禁止薬物を使用するわけがない――というのが、主催者や厩舎関係者、競馬メディアの間では常識になっている。

しかし、世間一般には、ドーピングというと、人間のスポーツ選手のケース同様、一時的にパフォーマンスを高めるため、薬物が検出された馬の関係者が悪事を働いたかのように受け取られてしまう。

「誰かが、小山内先生か、桜井さん、馬主の関本《せきもと》さん、あるいはその全員を貶《おとし》めようとしてやった、ということだよね」

沙耶香が名前を出した馬主の関本は地元で運送会社を経営する、初老の男である。

「ああ、事故でステロイドが飼料に混入したなんて、聞いたことがないものな。興奮剤や利尿剤ならともかく」

カフェインやテオブロミンなど、興奮作用や利尿作用のある薬物が、馬の飼料添加物、いわゆるサプリメントなどに混入して陽性反応が出てしまう事故は少なからず起きている。原因のほとんどは、飼料添加物などの製造元が、ロットごとの薬物検査を怠ったことだ。ロットとは「同一の原材料を用い、一定の期間内に一連の製造工程により均質性を有するように製造された商品」のことで、同一のロットでも、輸入時期が異なる外国製品は、薬物検査を再受検することを主催者から義務づけられている。

また、カフェインやテオブロミンは、ハチミツやチョコレート、ココアや茶などにも含まれているので、馬が誤って摂取しないよう、厩舎内で人間がそれらを口にすることも固く禁じられている。

だが、アナボリックステロイドが、飼料添加物や人間の食べ物に含まれていることはまずない。ゆえに、アナボリックステロイドが検出された場合は、何者かが故意に投与したと考えるべきなのだ。

競馬法第三十一条に「出走すべき馬につき、その馬の競走能力を一時的にたかめ又は減ずる薬品又は薬剤を使用した者」は、三年以下の懲役または三百万円以下の罰金に処する、と定められている。

そのため、禁止薬物が検出されると、競馬法違反となり得る事象が起きたとして、主催者は所轄の警察署に連絡しなければならない。

自動車のスピード違反など、道路交通法に違反したら警察に取り締まられるのと同じように、競馬法違反の疑いありとなった時点で、自動的に警察の捜査が入る。意図して薬を投与したのではなく、第三者に嵌《は》められた被害者だとしても、警察から事情聴取を受けることになるのだ。

それを報じられるだけで厩舎関係者のイメージは悪くなる。

「小山内先生って、敵が多いタイプだよね」

沙耶香が眉根にしわを寄せた。

「うん。ジョッキー時代から汚い乗り方ばかりして顰蹙《ひんしゅく》を買ってたし、調教師になってからも、ちょっとの騎乗ミスをいつまでもネチネチと責めるからなあ」

純也も、何年も前の騎乗ミスに関して、いまだに嫌味を言われることがある。

小山内のヘビのような顔を思い浮かべていたとき、沙耶香のスマホにメッセージランプが灯《とも》った。

「あ、さっき話していた獣医の先生。来週の月曜日、小山内厩舎で全頭検査をするんだって。私も行ってくる。純也も一緒に行ける？」

「ああ。月曜日は攻め馬だけで、レースの乗り鞍はないから大丈夫だ。朝、ここに迎えに来るよ」

「助かる。暗い時間に運転するのは怖いから。雑感を書くためにも現場に行っておきたいと思っていたから、よかった」

今回は、純也に月曜日のレース騎乗がないおかげで、同行できることになった。

レースで騎乗馬のある騎手は、前日から「調整ルーム」と呼ばれる騎手専用の宿舎に入り、外部との接触を断たなければならない。そこに泊まって、翌日のレースに出場するのだ。いったん調整ルームに入ると、数日後に競馬開催が終わって調整ルームを出るまでの間、朝の調教のときも、移動中も、電話などの通信機器で外部と連絡を取り合ってはならないという規則になっている。違反すると過怠金や騎乗停止などのペナルティーが科される。

北関東の開催はだいたい月曜日から金曜日までの週五日だ。なので、外部と電話やLINEで連絡を取り合ったり、SNS（ソーシャルネットワークサービス）やブログなどに投稿できるのも、金曜日の夕刻から、また調整ルームに入る日曜日の夜までの五十時間ほどに限られている。自宅やホテルなど、調整ルーム以外の場所で寝られるのも金曜日の夜と土曜日の夜だけなのだ。

明日の土曜日も、明後日《あさって》の日曜日も、朝の調教はある。月曜日にレースでの騎乗馬があれば日曜日の夜に調整ルームに入らなければならないのだが、純也がレースに出るのは火曜日からなので、月曜日の夜にチェックインすればいい。

純也は自分のアパートに引き上げた。

沙耶香の執筆の邪魔になるので、酒を飲んだとき以外、彼女の部屋には泊まらないようにしているのだ。

月曜日の朝、沙耶香を迎えに行ったのは、早朝というより未明と言ったほうがいい午前二時半だった。地方競馬の朝は早いのだ。

合鍵で部屋に入ると、コーヒーの香ばしい匂いがした。騎乗馬がないとはいえ、開催日の朝なので、部外者の沙耶香に電話をしたり、LINEをすることはできない。こうして会うぶんには問題はないとされているのにおかしな気もするが、通信記録が残っていたら騎乗停止処分が科されても文句は言えないので従うしかない。

「おはよう。今日は私の車で行こう」

「オッケー」

純也としても、自分の中古の国産車より、彼女の新しいアウディA3を運転できるほうが嬉《うれ》しい。

ひと昔前に「三高」がモテる男の条件とされた。高学歴、高収入、高身長の三つだ。そのすべてで純也は沙耶香に負けており、ゴルフも、泳ぎも、スキーもスケートも沙耶香のほうが上手い。しかし、ただひとつ、車の運転技術だけは、純也のほうが遥かに上なのだ。

地下のガレージに停《と》めてある、真っ赤なアウディA3のフロントフェンダーに、ひとつ傷が増えている。またどこかでこすってきたのだろう。純也が舌打ちしてそこを指さすと、沙耶香は首をすくめて、

「どうかした?」

と、おどけてみせた。

よすぎるくらい頭がいいのに、こういうとぼけたところがある。それもまた彼女の魅力になっている。

純也は沙耶香の頭を軽く叩くように撫《な》で、運転席に乗り込んだ。

二

北関東競馬会が所有・運営し、レースが行われる競馬場は二つある。

ひとつは県央の北関東市にある北関東競馬場、もうひとつは県南の北総市にある常総競馬場である。これら二つの競馬場で交互に競馬を開催している。両競馬場は直線距離で五十キロほど離れており、行き来するには車で片道一時間ほどかかる。

それぞれの競馬場には、コースやパドック（下見所）、馬券売場や売店、食堂などのあるスタンド、駐車場などのほか、競走馬が暮らす厩舎エリアがある。

敷地全体の広さやコースやスタンドの規模は、北関東競馬場が常総競馬場を大きく上回っている。ダートコースは両方の競馬場にあるが、芝コースがあるのは北関東競馬場だけ。どちらのコースも右回りだ。競馬会本部は北関東競馬場にある。常総競馬場にあるのは北総支部で、支部長が場長を兼任している。常駐する競馬会の職員は場長と、その部下がひとりいるだけで、あとはパートやアルバイトだ。

北関東競馬会に所属する調教師は四十人。つまり、四十の厩舎がある。そのうち二十五厩舎は北関東競馬場、残りの十五厩舎は常総競馬場にある。

ミスシャーベットが所属する小山内厩舎は、小さいほうの常総競馬場にある。

一色純也の運転するアウディA3が常総競馬場の厩舎エリアの通用門から入ろうとすると、中年の警備員に止められた。純也がジョッキーライセンスを見せると、しかつめらしく頷き、通路の真ん中に置いてあったパイロンを脇によけた。純也が騎手になったときから警備員をしている男だ。デビュー十六年目の純也の、顔も名前も知っているはずなのに、毎度身分証明書の提示を求める。そのくせ、競馬ファンの女性グループをノーチェックで通したりしている。今も沙耶香には何も言わなかった。

「あの人、騎手や調教師にもライセンス見せろ、って言うの？」

沙耶香が呆《あき》れたように訊いた。

「いや、桜井や的山さんはいつも顔パスだよ。小山内のテキみたいにうるさい人や、馬主会のお偉いさんなんかにも、さすがに見せろとは言わないだろう」

テキとは厩舎用語で、調教師のことをいう。

「そうか、人を見るんだね」

要は、純也は舐《な》められているのだ。成績下位の騎手を下に見るのは勝手だが、この警備員を含め、セキュリティーのいい加減さを正すべきではないか。警備員の詰所には誰もいないことも多く、部外者が簡単に出入りできる。

厩舎関係者用の駐車場から出て左の奥、東の端に小山内厩舎はある。

厩舎前の馬道の灯《あかり》の下に、報道陣が集まっていた。スポーツ新聞各紙の北関東競馬担当記者や、北関東日報、北総新聞といった地元紙の腕章をつけた記者やスチールのカメラマンのほか、テレビのクルーも二組いる。

そこだけ見ると、いかにも「事件」が起きたという雰囲気が漂っているが、厩舎の敷地内は、いつもより人が多いこと以外、普段と変わったところはない。

「ドラマで見る殺人現場みたいに、規制線の黄色いテープでも張られているのかと思っていたけど、いつもどおりなんだね」

沙耶香は拍子抜けしたように言った。

純也は、ほかの厩舎で一番乗りと二番乗りの調教に騎乗するため、いったん小山内厩舎を離れた。

厩務員が馬を曳いてきた。彼に左膝を抱えてもらい、馬の背に乗った。

毎朝、調教で一頭目の馬に跨《また》がった瞬間、純也の騎手としての体内時計がカチッと音を立てて動き出す。その体内時計は、コース脇に一ハロン（二〇〇メートル）ごとに置かれたハロン棒を通過するたびにラップを計測する。調教師から、例えば「五ハロンを七十二秒で回ってこい」と指示されたら、七十一秒八から七十二秒二の間で回ってくる自信がある。指示よりコンマ二、三秒速くなったり遅くなったりするのは、調教師のストップウオッチの押し方による誤差だろう。雨が降って上滑りする馬場状態のときや、ストライドが大きい馬に乗ったときは体内時計を狂わされることもあるが、それでもコンマ数秒しかずれない。そのあたりの技術は、三流騎手の純也と、一流騎手の桜井や的山との間に大きな差はない。差がないどころか、三流騎手はレースでの乗り鞍が少ないぶん、調教に多く乗ってその騎乗料で稼がなければならないので、むしろ一流騎手より体内時計の精度が高いことがある。なのに、実戦で勝つのは一流騎手ばかりだ。昔からレースは生き物だと言われている。その生き物としてのレースの手なずけ方とでも言うべき部分の差が、一流と三流の差なのだろうか。

予定より一頭多い三頭に稽古をつけ、小一時間で小山内厩舎の前に戻ってきた。

さっきよりは明るくなり、報道陣の表情までよく見える。彼らの様子から、特に目立った動きはないことがわかった。

厩舎のなかでは、小山内厩舎に所属する二十五頭の全頭検査として、検体の採取が行われている。

純也も知っている数名の獣医師のほかに、ここ常総競馬場の場長と部下の職員も検体の採取を手伝っている。地方競馬はつねにマンパワーが不足しており、これでも常総競馬場としては「総出」なのだ。

薬物検査の検体としては、普通、尿を採取する。プラスチックの漏斗《じょうご》の下に小さなボトルが二つ付いた専用の器具を棒の先に付け、馬体の下に差し出して受け止めるのだ。

全身の血液が漉《こ》されるとき、薬物は老廃物として尿に集まる。だから、薬物の濃度は、尿のほうが血液より十倍以上高くなると言われている。

「全頭検査はいいけど、これだけの数の馬がおしっこをするのを待っていると、冗談じゃなく、日が暮れちまうぞ」

純也が言うと、顔見知りの狩野《かのう》という若い競馬記者が近づいてきた。

「獣医さんもそう言っていました。人数も足りないし、時間もないので、検体は血液にするみたいです」

「そうか。タイミングよく調教や運動から戻ったばかりなら、すぐにジャーってするんだけどな」

犬や猫などの肉食動物は、匂いで自身のテリトリーを示すためにも、いろいろなところで排尿する。

しかし、草食動物である馬は、逆に、自分の匂いを隠そうとするので、決まった場所でする。決まった場所というのは、やはり、落ちつける我が家になる。馬にとっては厩舎の馬房だ。レースや調教などのため長時間外に出ていて、帰ってきたばかりのときに安心してすることが多いのである。

狩野が、言いづらそうに純也に訊いた。

「今、小山内先生は厩舎のなかにいるんですけど、出てきてくれないんですよ。一色さん、先生からコメントをもらうことはできませんか」

ほかの記者たちも、みなこちらに顔を向けた。

小山内厩舎の馬の調教に乗る予定でもあれば別だが、あの陰険な調教師に、わざわざそれだけを訊きに行くなんて、とてもじゃないが、無理である。

「いやあ、相手が悪すぎるなあ」

と純也があとずさったとき、よく見知った男が馬道を歩いてきた。

騎手の桜井雅春だ。

純也に右手を挙げ、唇の動きだけで「参ったよ」と言っている。

記者とカメラマンが一斉に桜井を囲んだ。

「桜井ジョッキー、今回の件に関して、ひと言」

ベテラン記者が、ペンとメモを手に訊いた。

「そうですね……」

と桜井は、少しの間、口元に手を当て考えてから、背筋を伸ばして答えた。

「ファンのみなさんにご心配をおかけして、申し訳なく思っています。一番かわいそうなのは、一生懸命走ったのに失格になったミスシャーベットです。競馬会の調査と、警察の捜査にはできる限り協力します。ぼくたちも、禁止薬物検出までの経緯が明らかになることを望んでいます」

そう言って、テレビのカメラマンが電源をオフにしたのを確かめてから、

「こんなところで、どうですか」

と記者たちを見回した。

「十分だ。大変なときに申し訳ない」

と頭を下げた記者に、桜井は厩舎を指し示して訊いた。

「小山内のテキからもコメント、もらえました？」

「いや、まだ何も」

「そうですか。じゃあ、ぼくが聞いてきますよ」

と、厩舎へと歩いて行った。

「やっぱり一流は違うな」

という声が聞こえてきた。

いつも相手が何を望んでいるか考え、先を読んで対応する桜井は、マスコミ関係者のファンも多い。

それに引き替え、このおれは……と情けなくなる。

桜井は五分ほどで戻ってきた。

彼が聞いてきた小山内のコメントは「迷惑をかけて申し訳ない。今のところ、馬の健康状態に問題はない。原因を究明し、信頼回復に努めたい」といったありきたりのもの

だったが、それでも記者たちは喜んでメモを取り、馬道をスタンドのほうへと歩いて行った。沙耶香も彼らについて行った。

彼らを横目で見送り、桜井が言った。

「こんな早い時間に厩舎に来ることのない記者も結構いただろう。空振りで帰すのは気の毒だし、それ以上に、あとで広報からコメントをもらうより、このくらい時間に余裕があったほうが、冷静に記事を書いてくれると思ってさ」

桜井がマスコミにサービスした一番の目的は、感情的な攻撃が自分たちに向けられるのを防ぐためだったのだ。

「なるほど。情けは人のためならず、ってやつか」

「そういうことだ。いや、それにしても、おれの騎乗馬から出ちまうなんてなあ」

桜井は小山内厩舎を見て溜め息をついた。

洗い場の横に三方を板で囲った寝藁置場があり、はみ出た寝藁が山になっている。小山内の祖父も調教師時代この厩舎を使っており、そのころからストックした寝藁もあるという噂《うわさ》だ。だとしたら、敷料よりも肥料にすべきだろうし、あの山のなかに大量のヘビや毒虫が潜んでいても不思議ではない。

純也が桜井に訊いた。

「本当のところ、小山内のテキは何て言ってたんだ？」

「それがな――」

と桜井は顔をしかめ、周囲に人がいないのを確かめてから小声でつづけた。

「薬を使った犯人に心当たりがあるんだってよ」

「マジかよ。誰なんだ」

「名前は言わなかったけど、『あの小僧』とか『クソガキ』とか繰り返していたから、若い男だろう」

「心当たりがあるどころか、そいつが犯人だって決めつけてるみたいだな」

「ああ。違反馬を出したばかりの調教師がマスコミにそんなことを言ったら大騒ぎになる。おれがコメントを代弁しといてよかったよ」

「そうだな。身の潔白を証明するためには、いつかは言わなきゃならないかもしれないけど、ことが起きてすぐのときは、とりあえず謝っておくのが一番だ。まずは謝罪。次も謝罪。釈明は二の次、三の次だ」

「ハハハ。詫びの名手が言うんだから間違いないな」

と桜井はこの日初めて笑顔を見せ、つづけた。

「小山内のテキは、自分が悪いなんてこれっぽっちも思っていない。誰が薬を入れたにせよ、管理責任は調教師にあるのにな」

「お、噂をすれば何とやらだ」

厩舎から小山内が出てきた。

場長と、部下の職員もつづいて出てきた。職員は、手にしたバインダーノートに何か書いている。小山内への聞き取り調査をつづけているようだ。

小山内が青白い顔をこちらに向けた。

手招きでもされたらどうしようかと身構えたが、小山内は場長と職員のほうに向きなおり、何やら吐き捨てるように言ってから、厩舎の端にある事務所を兼ねた居室に入って行った。

三

小山内厩舎のミスシャーベットから禁止薬物のスタノゾロールが検出されたというニュースは、スポーツ紙のほか、一般紙の社会面でも大きく報じられた。「北関東競馬でドーピング事件発生」「競馬界に薬物汚染の影」といった見出しが躍った。テレビも、ローカルニュースの枠ではあったが、ミスシャーベットが二位入線《にゅうせん》したレースと、厩舎での検体採取の映像を流して繰り返し報じられた。

大手競馬ポータルサイト「競馬ネット」のミスシャーベットの血統や成績などが掲載されているページの掲示板も急に賑《にぎ》やかになった。

〈おいおい、薬漬けかよ〉

〈どうりで急に強くなったわけだ〉

〈女ボディビルダーのサラブレッドバージョン登場！〉

など、陣営がやったと思い込んでいる書き込みが大半だった。ミスシャーベットに同情的なコメントは、やはり、ごく少数だった。

純也は、正直、これほど大きな騒ぎになるとは思っていなかった。普段の北関東競馬は、それほど世の中から注目されているわけではない。今回のニュースを報じている一般メディアの人間たちも、メディアから得た情報をもとにネットで二次情報を発信している人間たちも、北関東競馬に特に関心を抱いているわけではないことが文面や口調から伝わってくる。

にもかかわらず、あちこちで興味本位に取り上げられているのは、大学のアメリカンフットボールのコーチによる選手への危険タックルの指示や、レスリング協会の理事をつとめるコーチによる特定の選手へのパワーハラスメントなど、スポーツ界の不祥事がつづいたことの延長線上に生じた事件として、格好のターゲットになったからのように思われた。汗や涙の感動物語の陰にある汚れたものをほじくり出し、それを「真実」として白日のもとに晒《さら》して徹底的に叩くことを、メディアや大衆は好むものだ。

北関東競馬会が主催する常総競馬場でのレースは、小山内厩舎の全頭検査が行われた八月二十日、月曜日の午後から通常どおり開催された。

ドーピング発覚からまだ三日しか経《た》っていなかった。が、あえて話題にする関係者はいなかった。何者かが故意に投与したとしても、あくまで、ひとつの「事故」のようなものだという受け止め方をする者が大半だった。

みな、北関東競馬会が、ほどなく調教師の小山内に賞典停止、つまり、賞金などが数日間入らないようにする措置を下して一件落着となるだろうと思っていた。

かつてニコチンやカフェインが検出されたときと同じように、原因はわからずじまいのまま忘れられるだろう、と。

特に、北関東競馬会としては、こうした悪いニュースは、早く別のニュースに上書きされ消え去ってほしいタイミングだった。

というのは、今年は北関東競馬会の創立七十年にあたる節目の年だからだ。

北関東地方には大正時代から競馬場があった。昭和の初め、西暦で言うと一九三〇年代になると、現在ほど日数は多くないが、番組（レーススケジュール）が先々まで定められ、多頭数によって争われる「近代競馬」の体裁をなした競馬が開催されるようになった。

そして、一九四八年の八月、北関東競馬会が発足し、競馬法に基づく地方競馬が行われるようになった。その北関東競馬会の創立七十年を記念するパーティーが、今週末、八月二十六日の日曜日に行われることになっていた。

会場は北関東一の高級ホテルの大宴会場だ。その日のレースを終えたＪＲＡのスタージョッキーや調教師のほか、芸能人馬主や競馬好きの元プロ野球選手などの著名人も招待客に名を連ねている。

その司会を、純也の恋人の夏山沙耶香がつとめることになった。

純也も、一張羅のスーツに、慣れないネクタイを締めて参加した。

抽選で招待された数十人のファンや報道陣を含めると、集まった人々が五百人を超える、盛大な催しとなった。

ステージに立って淡々と進行役をつとめ、ＪＲＡの花形騎手を壇上に呼んで軽妙なトークを展開する沙耶香が眩《まぶ》しく見えた。

壁沿いにはずらりとテレビカメラとスチールカメラが並び、各テレビ局のレポーターが走り回っている。テレビや新聞でしか見たことのない俳優や歌手、政治家もたくさん来ていた。北関東競馬関連のイベントで、これほど規模が大きく、華やかな集まりを見たのは初めてだった。

記念式典は大盛況のうちに終わり、見事に司会をこなした沙耶香と、それ以上に、このパーティーを企画した主催者が、自画自賛ではあるが、讃《たた》えられた。

七十年の歴史を誇る北関東競馬は、これから隆盛のときを迎える——そんな夢を、本当に見てもいいように思われるほどだった。

ところが——。

「事件」は一度では終わらなかった。

創立七十年記念式典の翌日、八月二十七日、月曜日のメインレースを勝った馬から、またもアナボリックステロイドの一種であるスタノゾロールが検出されたのだ。先日、ミスシャーベットから検出されたのと同じ禁止薬物だ。

陽性反応が出たのは、ユアトラベラーという牡《おす》の四歳馬だった。ミスシャーベットが失格になったレースから二週間しか経っていなかっただけに、主催者の慌てようはひどかった。

管理調教師は、かつて北関東初の女性騎手として注目された高池礼子《たかいけれいこ》。馬主は、生産者でもある北海道・日高町《ひだかちょう》の鉢呂《はちろ》牧場だ。そのレースでユアトラベラーに乗っていたのは、遠藤《えんどう》という若手騎手だった。

高池礼子の厩舎は、一頭目の陽性馬ミスシャーベットの小山内厩舎と同じ常総競馬場にある。

レース直後に採取された上位入線馬の検体は、県内の公益財団法人競走馬医化学研究所に送られ、検査される。検査結果が研究所から北関東競馬会に通知されるのは四日後なので、今回も陽性の通知が来たのは八月三十一日の金曜日だった。そして、前回同様その日のうちに、競馬会は北関東中央署に報告。記者クラブにも伝えられ、速報性のあるネットなどでは午後の早い時間に報じられた。

［北関東競馬でまた禁止薬物検出　競馬法違反の疑い］

北関東競馬会は本日八月三十一日（金）、北関東市の北関東競馬場で八月二十七日（月）に行われたレースで一位入線したユアトラベラー（牡四歳）から、禁止薬物のスタノゾロール（筋肉増強剤）が検出されたと発表した。同馬を失格処分とし、競馬法違反の疑いがあるとして、北関東中央署に届け出た。

ユアトラベラーは十頭中一位で入線したが、失格処分となった。高池礼子調教師らへの賞金など計二十万円は返還させ、二位入線した馬を一着に繰り上げる。地方競馬において、薬物検査は十頭以下のレースの場合、一、二着の競走馬に実施されている。レース後に検体（尿）を採取し、県内の競走馬医化学研究所（競医研）で検査したところ陽性反応が出た。常総競馬場で八月十三日（月）のレース後にミスシャーベットから同じスタノゾロールの陽性反応が出て失格処分が下されたばかり。

今月に入って二頭の陽性馬を出した北関東競馬会は「今後、北関東中央署と連携して発生原因を調査する。相次ぐ薬物陽性馬が発生し、ファン並びに関係者にご心配とご迷惑をおかけしたことを心よりお詫びする。北関東競馬会としては原因究明及び信頼回復に努めるとともに、再発防止に向けた対策を講じる」と述べている。

先々週の記事よりもボリュームがあり、ネットのニュースのスポーツコーナーの上のほうに出てくるので、かなり目立つ。

同じアナボリックステロイドが、同じ主催者の複数の馬からこれほど短期間のうちに検出された例は過去にない。特別な扱いになって当然だろう。

今回の記事は、騎手ではなく調教師の名前を、それもフルネームで出している。騎手の遠藤は無名だが、調教師の高池礼子の知名度は全国区だ。騎手時代「乗れる美形」として注目され、清涼飲料水のテレビコマーシャルにも出演したことがある。二十年ほど前のことだが、ヒョウ柄の水着姿でゾウに跨《また》がり、ボトルを片手に挑戦的な目でカメラを見つめる姿は話題を呼んだ。駅やスーパーに貼られたそのポスターが次々と盗まれるほどの人気だった。

この第二の薬物事件発覚の翌日も、純也は夏山沙耶香の部屋に来ていた。強い陽射《ひざ》しの降り注ぐ、土曜日の午後だった。

「なあ、こういう記事は、誰が書くんだ？」

純也は沙耶香に訊いた。

「通信社の記者でしょう。報道各社に配信するの」

「何か、嫌らしい意図っていうか、悪意に近いものを感じるな」

「どこに」

「ミスシャーベットのときは桜井の個人名だけ出していたし、今回だって、わざわざ礼子さんの名前を出す必要はないだろう」

「ジュンちゃん、この前はそんなこと言ってなかったじゃない」

なぜか沙耶香は不満げだった。

「口に出さなかっただけで、思ってた」

沙耶香がタブレットから顔を上げた。

「ねえ、今も高池先生のこと『礼子さん』って呼んでるの？」

「そうだな。でも、人前ではちゃんと『高池先生』って言ってるよ」

「ふうん。二人きりのときは名前で呼ぶわけだ」

沙耶香は吐き出すように言った。

目を細めて、こちらを睨みつけている。

そのとき初めて、純也は沙耶香の数少ない欠点を思い出した。

恐ろしく嫉妬深いのだ。相手が母親ぐらいの年齢のパートの女性であっても、親しげに話しているところを見ると、何を話して、どうして笑っていたのか、根掘り葉掘り訊いてくる。それだけならまだしも、ときには泣き出したり、ものを投げつけてきたりするから、困ってしまう。

純也は、本当に、沙耶香以外の女に興味などないのだが、いくら言っても信じてくれない。ただ、高池礼子に関しては、中学生のとき、例の水着姿のポスターを部屋に貼っていたことがあったので、後ろめたい気がしないでもなかった。もちろん、ポスターの話を沙耶香にしたことはない。

こういうときは、黙っているのが一番だ。

純也は体を窓のほうに向け、スマホで北関東競馬関連のニュースを読んだ。

しばらく沙耶香がこちらを見ている気配がしていたが、そのうちタブレットにキーボードを接続して、ものすごいスピードで打鍵しはじめた。原稿でも書いているのか。

ほっと胸を撫で下ろし、純也はスマホに目を落とした。

北関東競馬会が公式サイトを更新し、トップページに謝罪文を載せている。

〈北関東競馬会では、八月十三日（月）の常総競馬開催における薬物陽性馬発生を受け、再発防止に取り組んで参りました。しかしながら、八月二十七日（月）の北関東競馬開催出走馬から再び禁止薬物が検出されました。当競馬会のみならず、日本の競馬全体の信用失墜につながりかねない極めて重大な事案であると認識しております。全国のファンの皆様、並びに競馬関係者の皆様に対し多大な御迷惑をおかけしましたことを、心より深くお詫び申し上げます〉

再発防止に取り組んできた、と書かれているが、ミスシャーベットの陽性が明らかになってから今日までの二週間ほどの間に、競馬会は何をしてきたのだろう。

競馬会から、騎手や調教師の組合的な役割を果たす調騎会に、薬物検査陽性馬の発生に関するプリントが一枚渡された。それはしかし公式サイトに発表しているものと同じ文面の、簡単なものだった。

ほかに何か、厩舎関係者に対する働きかけや、セキュリティー強化に向けての動きがあったわけではない。

対処と言えるのは、小山内厩舎の全頭検査ぐらいではないか。

――まったく、これだから役人は困るな。

腹立たしさがつのる。

公式サイトの〈日本の競馬全体の信用失墜〉という言葉が、心に重くのしかかる。

騎手になりたいという思いを両親に伝えたのは、中学三年生のときだった。

猛反対された。特に母親はすごい剣幕だった。

「あんた、昔から『詐欺師、ペテン師、調教師』って言われていることを知らないの!?」

調教師になるとは言っていなかったのだが、母が子供のころ、近くに厩舎関係者が住んでいて、それが有名なチンピラだったらしい。

「もう時代が違うんだ。今の競馬はフェアで、クリーンなんだよ」

いくら純也がそう言っても、聞き入れてもらえなかった。

純也が中学一年生のとき、ＪＲＡで「天才」と呼ばれていたスタージョッキーが、十回目の挑戦で悲願の日本ダービー初制覇を果たした。ゴール直後、漆黒のサラブレッドの鞍上《あんじょう》で、十数万人を呑《の》み込んだスタンドに拳を突き出す姿に憧れた。

ちょうどそのころ、男性騎手に混じってリーディング争いをする北関東所属騎手の高池礼子が注目されるようになっていた。

日本には農林水産省が管轄する中央競馬と、地方自治体が運営する地方競馬という二種類の競馬があり、売上げや集客力で中央が大きく上回っていることも、純也は中学一年生のときから知っていた。

純也は新聞配達のアルバイトで金を貯《た》め、電車を乗り継ぎ二時間以上かけてＪＲＡの東京競馬場や中山競馬場にＧＩレースを見に行くようになった。さらに、自転車で三十分ほどの乗馬クラブに通うようになった。

すぐに馬という動物の魅力と、乗馬というスポーツのダイナミズムの虜《とりこ》になった。勉強もスポーツも並以下だった純也に、初めて打ち込めるものができた。

中央競馬と地方競馬の両方を見て、観客席と馬との距離が近い、地方競馬のほうにより親しみを感じるようになった。そして、地元の北関東競馬の騎手を目指そうと思い、地方競馬教養センター騎手課程の願書を取り寄せた。

しかし、両親は保護者の了承印を捺《お》してくれなかった。それならば、と、純也は中学校への不登校とハンガーストライキを同時に始めた。水分もほとんど摂らなかったので、三日目に熱を出して倒れた。

父が折れて、母を説得してくれた。父は、母のように競馬のギャンブルとしてのイメージを嫌っていたわけではなく、人と競ったり、争ったりする仕事が純也に向いていないと思っていたようだ。

純也は顔も性格も小さいころから父に似ていると言われていた。父は地元の自動車部品メーカーに勤めていた。

「やってもいいが、十年つづけて芽が出なかったら辞めると約束しろ」

温厚な父が、珍しく強い口調で言った。

純也は難関をくぐり抜け、地方競馬教養センター騎手課程の試験に合格した。そして、十七歳だった二〇〇三年の春、教養センターでの二年間の訓練を終え、常総競馬場の瀬《せ》島元康《じまもとやす》厩舎の所属騎手としてデビューした。

約束どおり、ダメなら辞める覚悟はできていた。だが、約束した相手である父が、騎手になってちょうど十年経った年に死んでしまった。今から五年前のことだ。急に腰が痛いと言い出し、検査を受けたら膵臓癌《すいぞうがん》が見つかった。それからひと月も経たないうちに、あっさり逝ってしまった。まだ五十六歳だった。

二〇一三年の春のことだった。

父が亡くなった週の日曜日、師匠の瀬島に呼び出され、郊外の自宅を訪ねた。師弟関係といっても、食客として厩舎に住み込み、馬の扱い方ばかりでなく、読み書きや礼儀作法まで教えられた昭和の初めまでとは時代が違う。こんなふうに家に招かれたのは初めてだったし、細かいことは何も言わない調教師なのにどうしたのだろうと思っていると、こう切り出された。

「お前、騎手を辞める気はないか」

純也は何も言えなかった。黙っていると、瀬島がつづけた。

「お前を弟子として取るとき、お父さんに言われたんだよ。『十年経って、先の見込みがないと思ったら引導を渡してくれ』と。それがお前のためだと、お父さんは思っていたようだ」

「見込みはない、ですか」

それには答えず瀬島が言った。

「大事な子供を預かるのだから、親御さんとの約束は守らなきゃならん」

「天国の親父《おやじ》には怒られそうですが、ぼくは、騎手を辞めたいと思ったことは一度もありません」

感情的になっているつもりはなかったのだが、涙が出てきた。

負けてばかりで、悔しいし、情けないし、同じ失敗を繰り返す自分が嫌になることもあった。それでも、馬に乗って競走する「騎手」という仕事が好きだし、自分が騎手であることに誇りを持っていた。

子供のころから、虫でもカエルでも鳥でも犬でも猫でも、動くものは何でも好きだった。馬と一緒にひとつの目標を目指し、教えたり、教えられたりというのも楽しいし、それ以前に、自分が騎手服を着て、枠に色を合わせたヘルメットを被《かぶ》って鞭を持ち、戦いの場に臨むことができるだけで幸せだった。

「そうか、わかった」

師匠はそれ以上何も言わなかった。

その後、瀬島は少しずつ管理馬を減らし、今は五頭前後しか預かっていない。馬主から受け取る一頭の預託料が月に二十万円として、五頭なら百万円。ひとレースにつき数千円から数万円の出走手当と、賞金の十パーセントの進上金も調教師の収入となる。十分な金額に思われるが、そのなかから厩務員の給料を払い、飼料や寝藁、馬具などを購入しなければならないので、生活は楽ではない。

純也もデビュー当初は瀬島から固定給を受け取っていたのだが、ずいぶん前に受け取るのをやめ、今のようにいくつもの厩舎から調教料をもらう形に切り換えた。

今思うと、「騎手を辞める気はないか」と言った瀬島は、自身のホースマン生活にも見切りをつけようとしていたのかもしれない。

瀬島はあと五年で七十歳の定年を迎える。そうしたら純也は、ほかの所属厩舎を探さなければならない。地方競馬の騎手は、どれだけキャリアがあっても、必ずどこかの厩舎に所属しなければならないのだ。今と同じように、形のうえでは所属騎手でも給料を受け取らない、実質的にはフリーのような扱いで十分なのだが、はたして受け入れてくれる調教師はいるだろうか。

いつか自分も大きなレースを勝てる、今は鳴かず飛ばずでも、そのうちもっとたくさん勝てるようになる――と思っているうちに、この春、デビューから丸十五年となり、今、十六年目に入っている。

確かに、たくさん勝てるに越したことはないのだが、今の自分を「仮の姿」だと思うこともないし、現在の境遇を嘆くような気持ちもない。幸せか不幸せかと訊かれれば、迷わず幸せと答える。生まれ育ったこの地で憧れていた職業に就き、充実感を得ながら毎日を過ごしているのだから。

北関東の乾いた空気、濃淡のはっきりした風景、少々乱暴だが親しみやすい人々の気質と言葉の響き、街の匂いなどを体中で感じ、そこでの競馬場の存在感と、自分に与えられた役割をつねに意識し、騎手・一色純也として生きている。

それらをひっくるめたものが自分らしさであり、自分のアイデンティティーなのだから、三流であろうと一流であろうと変わらない。

だが、北関東競馬の根幹を揺るがす何かが起きたとしたら、どうだろう。

小さくて、客もそれほどたくさん入らないが、馬券売場のおばちゃんも、出店のおじさんもあたたかい。埒《らち》の向こう側で行われているレースが、持って生まれた能力を人馬一体となって最大限に引き出そうとするフェアな戦いであるからこそ、競馬ファンはそこに思いを重ねて命の次に大事な金を惜しげもなく注《つ》ぎ込む。

純也たち騎手は、ある種の人々から見たらバクチの駒に過ぎないのかもしれないが、正当な努力の積み重ねこそが、永久に見つからないと言われている「馬づくりの正解」に少しでも近づくことだと信じて、朝から眠い目をこすって馬に乗っている。

もう一度、北関東競馬の公式サイトの謝罪文に目をやった。

〈日本の競馬全体の信用失墜〉という文言から伝わってくる危機感が、先刻よりずっと大きくなった。

「どうしたの、黙っちゃって」

沙耶香が純也の顔を覗《のぞ》き込んだ。

「いや、競馬会は、再発防止策を講ずると言いながら、たいしたことをしていないだろう。それに文句を言うのは簡単だけど、外から見たら、おれたち騎手も、北関東競馬の一部なんだよな」

「うん、私たち競馬メディアも同じ。調教師や馬主が自分の馬にドーピングをするはずがないって、競馬サークルという狭い世界での『常識』を共有しているだけに厄介だな。あと一度でも薬物が出たら、外部の人は『ああ、北関東競馬って、普段から薬を使っているんだ』って思っちゃうよね」

沙耶香も同じことを考えていたようだ。

「それこそ、これだな」

純也はスマホの〈信用失墜〉の文字を拡大し、沙耶香に向けた。

頷いた沙耶香のスマホのメッセージランプが灯った。

「あ、これから高池厩舎の全頭検査だって。さ、行こうか」

沙耶香はアウディA3のキーを投げてよこした。

四

沙耶香のマンションは北関東の二つの競馬場の間にあり、常総競馬場までは車で二十分ほど、北関東競馬場までは四十分ほどかかる。メジャーな北関東ではなく常総に近いところを選んだのは、恋人の純也が常総競馬場の厩舎所属の騎手としてデビューし、フリーのような状態になってからも、常総の厩舎からの騎乗依頼が多く、調教も常総で騎乗することがほとんどだからだ。

なだらかな稜線《りょうせん》を伸ばす赤城山を右に見ながら国道を南下する。

純也は、ここ北関東と馬との結びつきに思いを巡らせた。

群馬は「馬が群れる」と書く。文字どおり、昔から馬が群れる豊穣《ほうじょう》な土地で、一九三八年の第七回日本ダービーを制したスゲヌマ、一九六三年の二冠馬メイズイなどを生産した名門・千明《ちぎら》牧場がある。また、県のマスコットキャラクターは馬の「ぐんまちゃん」だ。さらに、多くの人々が訪れる県有の乗馬施設・群馬県馬事公苑《ばじこうえん》があり、日常生活のなかに馬が入り込んでいる。

栃木には、一九六九年に千葉県成田《なりた》市から移設された宮内庁高根沢《たかねざわ》御料牧場がある。

移転前の名称は「下総《しもうさ》御料牧場」で、初代ダービー馬ワカタカをはじめ数多くの名馬を送り出した「皇室の牧場」として知られている。栃木にはそのほか、一九七一年の天皇賞・春を勝ったメジロムサシ、一九八二年の菊花賞馬ホリスキーなどの生産牧場として知られる鍋掛《なべかけ》牧場がある。さらに、ＪＲＡ競走馬総合研究所や、ホースマンを目指す若者が通う民間の学校など、広い土地を生かした馬関連の施設が多い。

そして茨城には、二千頭以上の競走馬が調教されているＪＲＡ美浦《みほ》トレーニングセンターがあるほか、馬がレースの合間を過ごす「外厩《がいきゅう》」と呼ばれるトレーニング施設が複数ある。かつてはＪＲＡで茨城産限定のレースが行われるほど馬産が盛んで、栗山《くりやま》牧場生産のウィナーズサークルは唯一の茨城産のダービー馬であり、唯一の芦毛《あしげ》のダービー馬でもある。

馬事文化というと、相馬野馬追《そうまのまおい》が行われる福島や、チャグチャグ馬コ《うまっこ》のある岩手、南部馬で知られる青森など、東北のものというイメージがあるが、北関東にも、馬と人がともに支え合ってきた長い歴史があるのだ。

だからこそ、北関東競馬場と常総競馬場がある。

競馬というのは、人と馬とが共生する、ひとつの形を示したものだ。

体力の限界まで走っている馬を鞭で叩いて、さらに走らせるのはかわいそうだと言う人もいる。しかし、そうして走って賞金を稼ぎ、周囲の人間たちを食わせるからこそ、人間たちは献身的に馬の身の回りの世話をする。

馬はなぜ走るのか。

人はなぜ馬を走らせるのか。

三百年以上前、イギリスで競馬が始められてから、人はずっと自問してきた。

答えは人それぞれだろうが、純也はこう思う。

馬が速く走るからだ。そして、速く走れば走るほど、美しくなるからだ。

馬を持った者は、所有馬をほかの人間の所有馬と、名誉を懸けて競わせた。最初は「オーナーズアップ」と呼ばれる、馬主自身が馬に乗るレースが行われていた。日本でも一九〇〇年代の初めまでそうだった。やがて、より速く馬を走らせる技術を持つ専業の騎手が登場した。

馬たちの、激しく、崇高な戦いは、多くの人々を呼び集めた。

どの馬が一番強いのか。自身の信念の正しさを証明するために、人は金を賭けるようになった。

そして、競馬は巨大な産業として世界中にひろがっていく。

サーフェス（コース素材）は、芝、ダート、人造のオールウェザートラックなどに分けられ、右回りと左回り、平坦《へいたん》コースと起伏のあるコースがつくられた。そのなかで距離が細分化され、馬齢や牝牡《ひんぼ》の別、獲得賞金によるクラス分けなどを行い、さらに馬が背負う斤量に差をつけた。そうしてさまざまな条件を揃《そろ》えたり変えたりし、競走が白熱したものになるようリファインしてきたのが近代競馬の歴史だ。

そのなかで首ひとつ、頭ひとつでも前に出るために、生産者は自身の牧場にいる繁殖牝馬《ひんば》にさまざまな種牡馬《しゅぼば》を配合し、数十年、ときには百年以上の時間をかけて牝系《ひんけい》を育み、強い馬をつくり出そうとする。そして、母馬の胎内にいるときから飼養管理がなされ、放牧地の草の質をよくするため、大規模な土壌改良を実施する牧場もある。さらに、離乳してからの運動量をGPSで計測して統計を取り、馴致《じゅんち》・育成を始めるタイミングやトレーニングの強度を決めるなど、最先端の科学をフルに活用している。

そうして大切に育てられた若駒《わかごま》を受け入れる調教師は管理法に日々頭を悩ませ、世話をする厩務員は愛情をこめて飼料を与え、馬体を洗い、馬房を綺麗《きれい》にする。

そして、レースを任される騎手は、日々トレーニングと実戦で腕を磨き、勝利と敗戦を糧にして、また馬に跨《また》がる。

それが競馬だ。

少ない運動量で筋力を飛躍的に高めるアナボリックステロイドや、馬の闘争心に簡単に火をつけるカフェインなどの興奮剤を使って高められたパフォーマンスなど、偽物《にせもの》に過ぎない。

偽物のパフォーマンスは、当然、子孫には伝わらない。優れた血を残すための繁殖馬選定競走であるがゆえに「ブラッドスポーツ」と呼ばれている競馬において、ドーピングほど卑劣で、無意味な手法はないのだ。

たとえ悪意のある第三者によって投与されたとしても、そうした状況をつくり出した責任を負うのが、プロのホースマンとしての務めだろう。

――礼子さん、どうするつもりかな。

純也が運転し、助手席に沙耶香が乗ったアウディA３が常総競馬場の通用門に差しかかった。

警備員の詰所には誰もいない。普段は道の真ん中に立っているパイロンが、道の端に倒れている。

純也はそのまま通り抜けた。

「ここ、監視カメラを設置しなきゃダメだね」

沙耶香が呆れたように言った。

「ああ、それも、詰所が映る角度で設置する必要がある。警備員のサボリ防止策としてな」

高池厩舎の前には、先週月曜日に行われた小山内厩舎の全頭検査以上の報道陣が集まっていた。

前回全頭検査が行われたのは薬物検出の三日後だったが、今回は検出の翌日で、しかも土曜日だ。

半分役人で、基本的に土日は休む競馬会の職員がこうして全頭検査をしているのだから、少しは危機感を覚えているのか。

前回同様、常総競馬場の場長と、部下の職員もいた。遠目にも、彼らが憔悴《しょうすい》し切っているのがわかった。

厩舎では、獣医師が馬の検体を採取している。今回も、前回と同じく、尿ではなく、血を採っている。

「前回と今回の共通点は、今のところ、スタノゾロールと、常総競馬場の厩舎という二つだけですね」

記者のひとりが話しかけてきた。先週、純也に小山内からコメントをもらってきてほしいと言った、狩野という若手だ。

「犯人も共通かもしれないぞ」

「そうですね」

「どうした、元気ないな」

純也が言うと、狩野は苦笑した。

「だって、喜んで飛びつきたい種類のネタじゃないですから」

表情には翳《かげ》りがある。

彼も北関東競馬が好きなのだろう。

ゆるやかな南風が吹いている。風が渡良瀬《わたらせ》遊水地の上を流れてくるからか、この季節でも、夕刻になるとひんやりとして、心地好《よ》い。

「高池先生は？」

沙耶香がそばにいるので「礼子さん」とは言わなかった。

「警察の事情聴取を終えて、厩舎にいるはずです」

「競馬法違反だと、問題になるのは管理責任だもんなあ」

「はい。薬物が馬の体内に入ったのは、厩舎関係者の過失や故意によるものではないと立証できれば、警察に被害届を出して犯人を見つけるための捜査をしてもらうこともできるのですが、やっていないことの証明って、いわゆる『悪魔の証明』ですから、難しいですよね」

と狩野は顔をしかめた。

「要は、小山内のテキも、礼子さん……じゃなく高池先生も、自分で犯人を見つけなきゃならないのか」

「そうですね。薬物を投与された馬の体に明らかなダメージがあったという獣医の診断書を添えて被害届を出したとしても、せいぜい動物愛護法違反か器物損壊でしょうから、警察がどれだけ動いてくれるか、難しいと思います」

「なるほど。もっと悪質な犯罪行為が明らかにならないと厳しいのか」

「ええ。主催者の運営に大きな差し障りが生じたとして競馬会が刑事告訴すれば、威力業務妨害の疑いありとして捜査してくれるかもしれません。ただ、ぼくが調べた限りでは前例がないですし、その場合、犯人に主催者の運営を邪魔しようという明らかな意図があったと証明しなければならないと思います」

「例えば、脅迫状とか、犯行を予告する電話とか、そういうやつか」

「はい、それがないから厄介なんですよね」

狩野がそう言ったとき、高池礼子が厩舎の前庭に出てきた。

沙耶香が純也に耳打ちするように言った。

「高池先生、いつ見ても綺麗だね」

「あ、まあ、そう……だな」

君のほうが綺麗だよ、とでも言えば機嫌がよくなるのだろうが、ほかの記者たちにも聞こえてしまうので、言えなかった。

「今、何歳だっけ」

沙耶香が礼子を見つめたまま言った。

礼子は今月の二十日に四十五歳になる。以前ファンだった純也は、彼女の誕生日ばかりでなく、血液型も、CMに出ていたころのスリーサイズも、好きな色や、嫌いな食べ物まで知っている。が、詳しく答えるとまた沙耶香に何を言われるかわからない。

「四十代半ばじゃないかな」

「ふうん。十歳以上若く見える。女優でたまに、ああいう人いるよね」

その声が聞こえたかのように、礼子がこちらを見た。

微笑を浮かべ、純也を手招きする。

歩き出した純也に、狩野が「一色さん」と呼びかけた。コメントをもらってきてくれという意味だろう。振り向いて頷いた。

狩野の横に立つ沙耶香がすごい顔で睨んでいる。

純也は慌てて前庭を横切り、礼子につづいて厩舎の事務室に入った。

「お茶、付き合ってくれる？　喉渇いちゃった」

礼子はいくつも並んだ茶筒からひとつを選び、甘い香りのする中国茶を淹《い》れた。

「いただきます」

ズズズという音を立てないように飲もうとすると、唇を火傷《やけど》しそうになった。

「何渋い顔してるの。美味《おい》しくない？」

「い、いや、美味《うま》いっす」

テレビや雑誌のなかの世界のアイドルだった礼子の前に出ると、今でも緊張してしまう。それでも、冷房の効いた部屋で飲む熱い茶は、本当に美味かった。

礼子は黙って茶を飲んでいる。テーブルに置いたスマホに着信ランプが灯り、バイブレーションでジージーと音がしはじめた。礼子はしかし、軽い一瞥《いちべつ》をくれただけで目を閉じて、取ろうとしない。

これまで、馬主や俳優、競馬専門チャンネルのプロデューサーなど幾人もの男たちと噂になったが、どれも本当か嘘《うそ》かわからず、いまだに独身を通している。自己防衛のためなのか、冷たい壁を感じさせ、「氷の微笑」で男たちの欲望を封じる、などと言われていた。

その礼子が、今はただ疲れ切っている。

眉ぐらいは描いているのかもしれないが、ほとんど化粧をしていない。

純也は初めて礼子の実年齢を感じた。妖怪だの、整形魔だのと陰口を叩かれるほど若く見えるが、やはり、この人は四十代半ばの中年女性だ。

不意に礼子が目を開けた。純也と目を合わせているのだが、どこかピントが合っていないように感じられる。

「一昨年の春、短期放牧に出した管理馬の様子を見に、千葉の育成所に行ったの。そこに、中央からデビューする予定だった二歳馬がいたんだけど、右前脚がこんなふうに曲がっていて」

と礼子は伸ばした右腕を内側にひねり、つづけた。

「管理する予定だった中央の調教師が預かるのをキャンセルしたのよ。セリでも庭先でも売れなかったのは右前脚の内向《ないこう》のせいなんだけど、顔つきとか、胸前のボリュームとか、やわらかそうな首差しとか、すっごくいい馬だった」

「それがユアトラベラーですか」

礼子は頷いた。いわゆる「売り物」にはならなかったので、生産した鉢呂牧場がそのまま馬主として所有することになった。それを礼子が預かることになったのだ。

「削蹄《さくてい》を繰り返しながら蹄鉄《ていてつ》の付け方を工夫して、常歩《なみあし》で歩くときから体の使い方を教えて脚の曲がりを矯正して、痛がらずに走れるようになるまで半年以上かかった。脚が治ったら、今度は首を上手く使えなくなって、馬銜《はみ》を替えたり、シャドーロールを付けたり外したりして、ようやくデビューできた。三戦目で初勝利を挙げたら、また脚を痛がって、強い稽古ができないから馬体重が増え出したの。それで、アメリカ人の栄養士に飼養管理のコンサルティングを頼んで、この前、やっと二勝目を挙げた」

「それが今週月曜日のレースですね」

「そう。警察は、アメリカ人の栄養士がステロイドを飼料に少しずつ混入していたんじゃないかって言うんだけど、彼に来てもらったのは三カ月前の一週間だけよ」

「あの馬、今週勝つ前に、何回か二着になっていますよね。そのときは何も検出されなかったんだから――」

と、純也は競馬サイトでユアトラベラーのページを表示させた。

　最後に二着になったのは先々月、七月十八日だ。純也はつづけた。

「このときは陰性だったわけだから、ユアトラベラーにスタノゾロールが投与されたのは、二着になった七月十八日から、陽性になったレース当日の八月二十七日までの間ということになりますね。警察が言うように、六月に来ていたアメリカ人の栄養士が投与したなら、二着になった七月十八日のレース後の検査でも陽性になったかもしれませんよね」

「そうね。ステロイドは興奮剤よりは長く体内に残るっていうから」

「どのくらいの期間残留するのか、礼子さんも知らないんですか」

「うん。獣医に訊いたら、『教えられない』みたいな言い方をしていたけど、あの様子だと彼も知らないみたい。具体的にどのぐらい滞留するのかは、治験でデータを取らなきゃわからないいんじゃないかな」

「じゃあ、薬を投与してから検出されるまでの時間は？」

「それは、すぐだって。数時間で出るみたい」

「いずれにしても、今回ユアトラベラーに薬物を投与したのは、そのアメリカ人の栄養士ではない誰かですね」

「警察にそう言ったら、向こうは困ったような顔をしていた。警察は、犯人を捕まえられなかったとしても、責任の所在を明らかにすることができればいいわけだから、調教師の過失という着地点に持っていこうという考えが見え見えなの」

「それで小山内さん、小山内のテキは青くなっていたのか」

「小山内さん、犯人に心当たりがあると供述したみたい」

「ぼくもそう聞きました」

「誰なのかって警察に訊いたら、『個人情報だから教えられない』だって。バカじゃないかと思った」

「小山内のテキに直接訊いたらどうですか」

「訊いたんだけど、もし違ったら名誉棄損で訴えられる恐れがあるって警察に言われたみたいで、教えてくれないの」

「礼子さん、そういうことをしそうな人間に心当たりは？」

「ないなあ」

整った顔を歪《ゆが》める彼女が嘘をついているようには見えなかった。

純也はずっと引っ掛かっていたことを口にした。

「犯人に訊かなきゃわからないことだけど、どうしてカフェインやニコチンなんかの興奮剤じゃなくて、ステロイドにしたのかな。ネットで入手できるといっても手間がかかるし、購入記録が残って足がつきやすいし」

「確かに不思議だよね。カフェインなら、それこそ、こういうのをカイバに混ぜるだけでいいのにね」

と礼子は中国茶の缶を指で突ついて、つづけた。

「単純に、馬を速く走らせるためなら、興奮剤のほうが即効性がある。今でも、馬産地の草競馬なんかでは、レース前にお茶葉を食べさせたりしているじゃない。でも、ステロイドだと、仮に使うとしても、投与しながらトレーニングをして筋肉をつけて、また投与して経過を見ながらトレーニングをしなきゃいけないわけでしょう」

ステロイドの作用の仕方は、人間と馬とでそう大きな違いはない。しかし、興奮剤の作用の仕方はまるで異なっている。人間は、カフェインを含むコーヒーを飲んだ直後に速く走れるわけではないが、馬に茶葉を食わせると、目を真っ赤にして発汗し、ものすごい勢いで走り出す。

つまり、カフェインなどの興奮剤は、「馬にやる気を起こさせる」「走る気持ちを引き出す」という、競馬における非常に大切な作業を、簡単に、それも制御不能なレベルまで実現させてしまうのだ。これは、人と馬が時間をかけて信頼関係を築き、互いの気持ちを動かすという大切なコミュニケーションのプロセスを破壊するに等しい。だからこそ禁止薬物に指定されているのである。

「世間一般に、厩舎の人間が犯人だと思い込ませるには、見た目にもわかりやすい興奮剤にしたほうが効果的だと思うんだけどなあ」

「なのに、わざわざステロイドを使ったのはどうしてかしら。このスタノゾロールを使うことに意味があるのか、何かのメッセージなのか……」

「まあ、そもそも同じ人間が犯人かどうかもわからないけど、何か、これまでの薬物検出事件とは違う感じがしますね」

「そう思わせることが狙いかもよ」

「なるほど。礼子さんは、同一犯説を取るんですね」

「一色君だってそうでしょう」

純也は頷いた。

ジーパンの尻ポケットに入れたスマホが震えるのを感じて、用件を思い出した。

「さっき、記者に礼子さんのコメントをもらってきてほしいと言われたんです」

「うん、ちゃんと対応しておかなきゃね。でも、何て言ったらいいかな」

「例えば、『私もショックを受けましたが、管理者としての責任を感じています。ファンのみなさまにはご心配をおかけして申し訳ありませんでした』といった言葉に、馬の状態に関するコメントを付け加えたらどうですか」

「それ、いいじゃない。一色君、騎手より調教師のほうが向いてるんじゃないの」

「いや、それは……」

ほかの人間にも言われたことがあるのだが、かつてのアイドルに言われると、やはりショックだった。

「馬は大丈夫。歩様《ほよう》も体温もボロの状態も問題なし。薬の影響はないと思う」

ボロとは馬糞《ばふん》のことだ。

「わかりました。伝えておきます」

と立ち上がった純也の右手を、礼子が握った。

「可愛《かわい》い彼女に『あまり怖い顔で睨まないで』って言っておいて」

礼子は、握った手に一瞬力をこめてから離し、笑顔を見せた。「氷の微笑」ではなく、悪戯《いたずら》っぽい笑みだった。

「は、はい」

自分の顔が赤くなるのがわかった。

アンティークの柱時計が、午後三時の鐘を鳴らした。

五

翌週、九月三日の月曜日、北関東競馬場内の北関東競馬会本部で、競馬会と調騎会、馬主会の代表による、臨時運営協議会が行われた。

競馬会の出席者は、副管理者、事務局長、広報部長の三名。

調騎会からは、会長をつとめる調教師と、副会長の騎手の二名。

馬主会からは、会長と副会長の二名。

県の農林水産部の職員が進行役をつとめた。

地方競馬ならではのシステムなのだが、競馬会のトップである管理者は、県知事が自動的につとめることになっている。

副管理者は三名。北関東市長と北総市長と県理事である。競馬会に常駐する職員の最上位は、県から出向してきた県理事の副管理者となる。

それに次ぐのが事務局長で、競馬会のプロパー職員が上り詰めることができるのはここまでだ。事務局長という名称から得られるイメージより権限は遥かに強大で、力業で予算を捻出してスタンド新築とコース改修を敢行した先代の佐竹《さたけ》事務局長は「佐竹天皇」と呼ばれていた。

管理者と三人の副管理者は競馬の素人だ。つまり、競馬運営のプロフェッショナルのトップが事務局長というわけである。

まず、馬主会から、主催者の北関東競馬会と、馬を管理する調教師の責任を追及する声が多くの馬主から上がっているとの報告があった。

調騎会からは、全厩舎に監視カメラを設置するよう要望が出された。厩舎は、競馬会が所有する建物を調教師が間借りする形になっているので、調教師個人の判断で設置することはできないのだ。

競馬会は、三日後の九月六日、木曜日と、翌七日、金曜日の開催を中止し、北関東競馬場と常総競馬場に在厩する七百五十六頭の全頭検査を行うことを発表した。そして、調騎会の会長に、今回の二件の薬物検出事件に関して、調教師の責任を認めて謝罪し、再発防止に力を尽くす旨の誓約書にサインをするよう求めた。

調騎会の会長をつとめる調教師の大杉《おおすぎ》は、その要求を突っぱねた。自分の厩舎からは陽性馬は出ていないし、十年ほど前の興奮剤検出事件の直後から競馬会に監視カメラの設置を求めてきた。責任はむしろ主催者にある、というのが言い分だった。

「調騎会だけ責任を負わされるのはおかしいだろう。お前ら競馬会のトップがこの誓約書にサインするなら、おれもしてやる。県知事の山崎《やまざき》だけじゃねえ。副管理者の北関東と北総の市長もだ。この発言、議事録に残しておけよ」

と大杉が三人の首長の責任を追及する姿勢を見せると、競馬会側は黙ってしまった。

「親分」と呼ばれている大杉は、その男気と、歯に衣着《きぬ》せぬ言動で、特にマスコミ関係者に人気がある。彼を怒らせ、シンパのマスコミと一緒に声を上げられたら、競馬会と三人の首長が世論の袋叩きにあうかもしれない。

馬主会会長の前島《まえしま》は、大杉の発言に拍手を送った。最初は調教師の危機意識の低さを責めていたのに、攻撃の矛先が知事の山崎に向けられると急に嬉しそうな顔になり、態度を一変させた。前島の父親はかつて与党の代議士をつとめ、息子は同じ党に所属する県会議員だ。自身は実業家なのだが、労働組合を支持基盤とする野党に籍を置く現職の山崎知事を毛嫌いしているようだ。

調騎会会長の大杉親分は、そのニックネームのとおり、清水次郎長《しみずのじろちょう》が現代に蘇《よみがえ》ったらこんな感じだろうと思わせる風貌をしている。

一方、馬主会会長の前島は、小太りで、禿《は》げ上がった額まで脂ぎったガマガエルのような男だ。

水と油のように見える二人だが、大杉は騎手時代、前島の所有馬に乗って北関東ダービーを勝ったことがある。それだけではなく、その馬の産駒《さんく》で、前島がオーナーとなった馬を調教師になってから預かり、史上初の北関東ダービー父仔《ふし》制覇を達成したこともあるのだ。

その二人がどうして疎遠になったのか当人以外は知るよしもないのだが、山崎知事という共通の敵を持ったことで、久しぶりに利害が一致することとなった。

翌日のプレスリリースに「決定事項」として記されたのは、二日間の開催中止と全頭検査だけだった。監視カメラの設置は「検討事項」とされた。誓約書については一切言及されていなかった。

それでも、競馬会が調騎会に誓約書を提出させ、厩舎サイドだけを悪者にして鎮静化をはかろうとしたという噂は、あっと言う間に広まった。

厩舎関係者は競馬会に不信感を抱くようになり、北関東の競馬サークル全体の空気が、どこかギスギスしはじめた。

「今、競馬会と調騎会がいがみ合っている場合じゃないのになあ」

北関東競馬場の最終レースで騎乗を終えた純也が、検量室の前で、取材ノートを胸に抱えた沙耶香に言った。

「うん、お互いに相手が悪いって言ってるだけで、どっちも本気で原因を究明しようという気がないみたいに感じられる」

「再発防止って言うけど、原因がわからなきゃ、策の講じようがないよな」

純也の言葉に沙耶香が頷いた。

「当たり前だけど、犯人を見つけ出すことが一番の再発防止策、ということだね」

「見つけられなくても、目星をつけられるだけでも、ずいぶん違うんじゃないかな」

「私もそう思う。よし！」

「何がよしなんだ？」

「私が犯人探しをする」

「どうやって」

「それを今から考える」

「まあ、沙耶香みたいな仕事だと、ネットや新聞で同時進行の企画にしたりとか、いろいろやりようがあるのかな」

「それいいね。『犯人を探せ！』か。うん、いいよ。じゃ、帰る」

と、沙耶香は競馬場から出て行った。

その夜、調整ルームのロビーでテレビを見ていたら、北関東競馬のレース展望やレース回顧をする「キタカンTV」という番組が始まった。毎週火曜日に放送される三十分番組だ。沙耶香が、ときにはコメンテーター、ときにはレポーターという形でレギュラー出演している。北関東競馬会の提供で、大部分はあらかじめ収録したVTRなのだが、スタジオ部分は生放送でオンエアされている。

オープニングの音楽が流れると、桜井が純也の隣に来た。ほかの騎手たちも、ひとり、またひとりとロビーに来て、ソファに腰掛ける者もいれば、床に座る者もいた。

普段は見られる側にいる騎手たちだが、この番組だけは、パブリックビューイングのように、こうしてみんなで見ることが多かった。

主催者によってシステムは異なるが、北関東の場合、北関東競馬場と常総競馬場それぞれの敷地内に調整ルームがある。北関東競馬場の厩舎に所属している騎手は北関東競馬場の調整ルームに入り、純也のように常総競馬場の厩舎に所属している騎手は常総競馬場の調整ルームに入る。どちらの競馬場で開催されるときもそれは同じで、北関東でレースがあるときは、朝の調教騎乗を終えたら純也ら常総の騎手は一台のバスに乗り、北関東競馬場に移動する。そして、レースが終わるとまたバスで常総の調整ルームに戻ってくる。こうして騎手たちをまとめて外部から隔離し、常時競馬会の管理下に置くのは、すべて、競馬の公正確保のため、平たく言えば、八百長などの不正防止のためのシステムである。

「キタカンTV」の冒頭で、女性キャスターが、北関東競馬会の公式サイトのトップページに載っている謝罪文と同じ内容の原稿を、何度もつっかえながら読んだ。

それからは、不自然なほど薬物検出問題には触れずに番組が進められた。

しかし、あと数分で番組終了というスタジオ部分で予想外のことが起きた。

沙耶香が突然、カメラ目線で切り出したのだ。

「先月、立てつづけに発生した禁止薬物検出事件に、心を痛めている競馬ファンの方は多いと思います。私もそのひとりです。本当に有効な再発防止策を講じるにはどうすればいいのでしょう」

進行役の女性キャスターは顔をこわばらせ、ゲストの男性記者は、何度もチラチラとカメラの横を見ている。その様子から、打ち合わせなしで、沙耶香が奇襲をかけたことがわかった。

純也がいる調整ルームのロビーも、小さくざわついた。

沙耶香はつづけた。

「再発を防ぐには、これらの事件がなぜ起きたのか、その原因を明らかにすることが先決ではないでしょうか。原因がわからないものを防ぎようがありません。では、原因として、どのようなことが考えられるでしょう。私がこれまで取材したところ、アナボリックステロイドが事故で飼料に混入するという可能性はきわめて低いようです。残念ながら、明確な意図を持った誰かが、飼料に入れるなり、注射をするなりした可能性が高いと考えるべきです。テレビをご覧のみなさまは、どう思われますか」

そこで番組が終わった。

番組対抗の予想コンテストで、どこの誰が何点でトップだのという能天気な告知コーナーに切り替わった。

今ごろ、「キタカンTV」のスタジオは大騒ぎになっているだろう。

純也は、ロビーの長椅子に座ったまま、動けなくなっていた。

「サヤちゃん、ずいぶん思い切ったことをしたな」

桜井が言うと、ほかの騎手たちが頷いた。そのなかには、四日前に陽性反応が出たユアトラベラーに乗っていた若手の遠藤もいた。

「驚きましたけど、ありがたいです。夏山さんみたいに言ってくれる人がいないと、ぼくたちが悪者になったまま終わってしまうと思います」

そう言葉に力をこめた遠藤ばかりでなく、騎手たちはみな、沙耶香が声を上げたことを歓迎しているようだ。

だが、純也は、沙耶香の性格を知っているだけに心配だった。

彼女は、「犯人」は陽性馬の関係者ではないと確信している。そして、それを多くの人に伝えたいと思っていることは間違いない。

しかし、彼女の真意はほかにある。

彼女は、この番組を見たか、あるいは人づてに彼女の発言内容を聞いた犯人が、彼女に接触してくることを望んでいるのだ。

相手は、姿を隠してステロイドを投与するような、卑劣で、歪んだ人間だ。

危険な目に遭わないとも限らない。

「どうした、純也、考え込んじゃって」

桜井が純也の顔を覗き込んだ。

ロビーの真ん中の長椅子では、通算五千勝以上を挙げているレジェンドの的山道雄が、両足をテーブルに投げ出して腕を組み、正面を見据えている。還暦を迎えた今なお豪腕は健在で、騎手界の頂点に君臨している。昨日は、調騎会の副会長として臨時運営協議会に出席していた。

桜井も、的山も、ほかの騎手たちも、純也が何か言うのを待っている。

ここにいる騎手たちは、馬に乗れば敵同士だが、股の下に地獄を抱える戦いのなかで互いの安全を担保し合う、大切な仲間でもある。

純也は、彼が考える沙耶香の真意を彼らに伝えた。

何度も頷いた的山は、最初からわかっていたようだ。

「たいした肝っ玉のねえちゃんだ。本当なら、おれたちが言わなきゃならねえことだよな。なのに、危険を承知で矢面に立ってくれた」

情に脆《もろ》い的山は、洟《はな》をすすりながら言葉をつづけた。

「いいか、北関東競馬の名誉は、競馬の担い手であるおれたちジョッキーが守らなきゃならねえ。ちょっとでもおかしなことがあったら、おれか一色に報告しろ。たった今から、おれたち全員があのねえちゃんのボディガードだ」

的山の嗄《しゃが》れ声に、騎手たちが「ウッス！」と応じた。

かつて、全国の地方競馬の騎手対抗戦が行われていたときも、北関東の二十数名を束ねたのは的山だった。「北海道」「東北」「北関東」「南関東」「中部・北陸」「関西」「中国・四国」「九州」の八つの地域に分かれ、着順によるポイントの合計で争うチーム戦だ。層の厚い南関東を抑え、通算優勝回数は北関東がトップだった。

しかし、一九九〇年代後半から二〇〇〇年代初頭にかけて、業績不振のため廃止する競馬場が相次いだため、騎手対抗戦も開催されなくなった。

ここ北関東競馬も、一時は廃止寸前まで追い込まれた。

北関東競馬の売上げは、かつては東京の大井《おおい》や神奈川の川崎《かわさき》など、大都市圏の競馬場に迫るほどだった。一九九一年には年間八百億円を売り上げ、「地方競馬の雄」と褒めそやされた。しかし、一九九七年、北関東競馬場を現在の場所に移転したころから財政が揺らぎはじめた。それも当然で、スタンドや内馬場の遊戯場などを「北関東ブリリアントパーク」と称し、分不相応に豪華な施設を建設するため、五百億円もの巨費を投じたのだ。右肩上がりになると見込んでいた売上げは、バブル崩壊後の長引く構造不況により、降下の一途を辿《たど》る。売上げが全盛期の半分ほどになると、県議会と北関東市議会、北総市議会で北関東競馬の借金経営を問題視する発言が目立つようになった。

北関東競馬場移転から十年経った二〇〇七年、県議会で北関東競馬の存廃問題が本格的に取り上げられるようになった。そのときも、北関東競馬存続のため、いの一番に声を上げて戦ったのは、騎手でも調教師でも馬主でもなかった。競馬ファンの有志が数名のジャーナリストを巻き込み、この地に根付いた馬事文化を守る必要性をメディアで訴えて世論を形成し、行政の動きを牽制《けんせい》した。

そして、最終的に、北関東競馬会は、県と北関東市、北総市から約四百億円の融資を受けることになった。以降、単年度収支で赤字にならないことを条件に存続を認められている。

その後、一度も単年度収支で赤字にならずに済んでいるのは、融資を受けた二〇〇七年から始めた、インターネットでの馬券発売によるところが大きい。

といっても、ネット発売の効果はすぐに表れたわけではなかった。北関東競馬全体の売上げは下がりつづけ、東日本大震災が発生した二〇一一年に底を打った。年間売上げは約二百億円と、ピークの四分の一にまで落ち込んだ。が、そこからネット発売の割合が高くなるにつれ、じりじりと数字を伸ばしていく。そして、二〇一〇年代の後半には四百億円を超え、廃止論が取り沙汰される以前の水準まで回復した。

現在、北関東競馬の売上げ全体に占めるネット発売の割合は七十パーセント近くになっている。競馬会が宣伝業務を委託している大手広告代理店では「競馬はＩＴコマースだ」が合言葉になっているという。

そういう考えに基づいてメディア戦略を立てたり、リストラをしたりするのはいいとしても、競馬が「ライブで見たい」「そこに行きたい」と思わせる魅力のあるものでなければ、それこそテレビゲームと同じバーチャルな、薄っぺらいものと受け取られ、尻すぼみになってしまうのではないか。

例えば、近年のメジャーリーグベースボールはガラガラのスタジアムで行われる試合も多いが、あれはボールパークの価値を削《そ》ぐことにはならないのか。テレビの巨額な放映権料で成立しているにしても、選手のモチベーションに響き、それが競技のクオリティにも悪影響を与えるのではないか。

純也はそう考えていたので、以前はネット販売に懐疑的だった。

今は、現代の日本人の消費スタイルにマッチした形のものとして受け入れているが、それでも、競馬場に足を運ぶファンをもっと大切にすべきだと思っている。

それを調騎会の定例会で言ったこともあるのだが、発言の影響力は成績に比例するので、誰も真剣には聞いてくれなかった。

今回のドーピング事件は、北関東競馬をＩＴコマースとして見ているファン以上に、この地域の風土や、スタジアムとしての競馬場の雰囲気が好きで現地に来ているファンを裏切る行為のような気がしてならない。

六

翌日、九月五日の水曜日、純也は三鞍《くら》に騎乗した。

奇妙な一日だった。騎乗した三頭とも、純也の予想とは異なる動きを見せたのだ。

ひと鞍目はダート一二〇〇メートルの下級条件戦だった。騎乗馬は、前走まで、逃げて最後に失速するか、馬群のなかで揉《も》まれて後退し、そのまま後ろのほうでゴールするレースを繰り返していた。純也がレースで乗るのは今回が初めてだったが、調教では乗ったことがあった。そのとき得た印象では、どうしてあんなだらしないレースばかりするのか不思議なくらい、癖のない、いい馬だった。が、稽古では高い能力を感じさせても、実戦に行くとまるで走らない馬は珍しくない。心身を極限までシェイプアップし、客の入った競馬場で多頭数を相手にする本番のレースは、練習、つまり調教とは異質のものなのだ。

パドック（下見所）から馬道を通って馬場入りし、返し馬と呼ばれるウォーミングアップで馬を走らせた。どんな戦術を取るか、純也はまだ決めかねていた。

ふとスタンドに目をやると、上階の記者席のバルコニーに、赤い服を着て手を振っている女性が見えた。沙耶香だ。気がかりなことがあった。昨夜、沙耶香が「キタカンTV」であんな大それたことをしたのは、純也が余計なことを言ったせいではないか。

――まあ、沙耶香みたいな仕事だと、ネットや新聞で同時進行の企画にしたりとか、いろいろやりようがあるのかな。

そのひと言が、沙耶香に危ない橋を渡らせることになったのかもしれない。

ゲートインの時間になった。

向正面《むこうじょうめん》にあるダート一二〇〇メートルのスタート地点からは、スタンドの沙耶香は見えない。

ゲートが開いた。

純也の騎乗馬は飛ぶようなスタートを切った。そのままハナに立ち、後ろをどんどん引き離していく。純也は何もしていないのにすごいスピードだ。

――これじゃあ速すぎるかな。

ハイペースになると最後に先行した馬がバテて後退し、後ろに控えていた馬が台頭する、というのが競馬のセオリーだ。

いつもなら、ハロン棒の横を通過するとき自動的に体内時計がラップを計測してペースを判断するのだが、今日は考え事をしていたせいで、最初の一ハロンと二ハロンを何秒で走ったのか、よくわからなかった。

純也の馬が先頭のまま直線に入った。

——あれ？　どうしたんだろう。

後続馬の蹄音が聞こえない。

股の下から覗き込むようにして後ろを見ると、二番手は五馬身以上離れている。

ゴールはすぐそこだ。

純也の馬が余裕たっぷりに逃げ切った。

ただつかまっていただけなのに、勝ってしまったのだ。

純也は、ペース配分も組み立ても、何もしていない。馬が勝手に走ってくれたような感じだった。

この日のふた鞍目はダート一六〇〇メートルのレースだった。

純也が乗る馬を管理する調教師は、どんな馬でも「好位の内につけろ」という指示しか出さないことで知られている。他馬に囲まれると怖がる馬でも、逃げてスピードを生かしたほうがいい馬でも、外枠を引いた場合でも、指示を変えることはない。

いつもと同じ指示に頷き、ゲートを出た。

今度はスタンド前からの発走だ。外埒沿いの一般エリアに沙耶香の姿が見えた。

普段はそれほど観客席側に注意を払うことはないのだが、今日は、見ないようにしても意識がそちら側に向いてしまう。

おかげで調教師の指示のことをすっかり忘れていた。が、いつも同じようなレースばかりさせられているせいか、馬が自分から好位の内におさまり、折り合った。

——お、ラッキー。ありがとな。

礼を言うと、馬が「どういたしまして」と返事をするかのように大きく首を下げた。四コーナーを回り、直線へ。純也の斜め前にいた馬が外によれて、前を塞いでいた馬群の壁に隙間ができた。そこに騎乗馬の鼻先を向けると、どこにこれほどの力が残っていたのかと思うほどの末脚で伸び、弾《はじ》けるように突き抜けた。

純也は、また勝ってしまった。

レースで連勝したのは、デビューしてから初めてのことだった。

しかし、どちらのレースでも、ゴールしたときまず胸に湧いてきたのは、

——この馬、ドーピングは大丈夫だろうな。

という疑念だった。

ひと鞍目も、ふた鞍目も、迎えに来た厩舎関係者の表情は複雑だった。純也と同じことを考えていたのだろう。

鞍上《あんじょう》が三流の純也なのにこれだけ走ったのはおかしいと考える気持ちは、時期が時期だけによくわかる。

三鞍目の騎乗馬は、一頭目の陽性馬を出した小山内が管理する馬だった。

パドックで騎乗馬に跨《また》った純也に、小山内はレースの指示を始めた。小山内は、話しながら、何度も前を歩くゼッケン二番の馬を目で追っている。いや、見ているのは、馬ではなく、馬を曳く厩務員だ。

厩務員は、茶髪で、ポロシャツから出た二の腕にタトゥーが見える。

——ひょっとしたら、あいつが……。

薬物を投与した犯人に心当たりがあると小山内が言っていた男だろうか。

二番の馬が先に入場した。茶髪の厩務員が曳き手綱を外し、馬道へと戻って行く。

純也は馬場入りしてもすぐには返し馬には入らず、外埒沿いを常歩《なみあし》でゆっくり歩かせてターンする、ということを繰り返した。

こうすれば、小山内とあの厩務員の動きが見える。

小山内は茶髪の厩務員に近づき、何やら話しかけた。そして、相手を指さすように手を伸ばした。厩務員はその手を邪険に払いのけ、足元に唾を吐いた。どんな理由があれ、厩務員が調教師に取って許される態度ではない。

どこかで見た顔なのだが、うろ覚えだった。二番の馬を曳いていたということは藤井《ふじい》厩舎で働いている厩務員なのか。

——え、藤井厩舎？

胸の奥をドンと叩かれたように感じた。

藤井厩舎は、高池礼子の厩舎の隣にあることを思い出したのだ。

ゲートが開いてからも、あの厩務員のことばかり考えていた。

まだ二十代だろう。眉が薄く、鼻の穴が上を向いている。

あの男が犯人なのか。

小山内が彼の存在を警察に告げたことは、礼子の言葉からも間違いない。

ということは、あの男は警察から事情聴取をされたのだろうか。

さっき、小山内はあの男に何を言いに行ったのだろう。

やつの存在を沙耶香に教えるべきだろうか。

その前に、自分が直接コンタクトしておけば、沙耶香の身は安全になるだろうか。

あれこれ考えているうちに、最後の直線に入っていた。

前方は馬群の壁になっていて行き場がない。

――うわーっ、やっちまった。

また何年も小山内から嫌味を言われることになるのか。

仕方なく大外に持ち出し、申し訳程度に左ステッキを入れた。

すると、別の命が吹き込まれたかのように騎乗馬が加速を始め、勝った馬から半馬身差の二着に追い込んだ。

十四頭中ブービー人気の十三番人気だったから、悪くない。

が、やはり脳裏をドーピングの疑いがよぎった。

――こんな気持ちでゴールするのは、嫌なものだな。

検量室前の枠場に戻ると、小山内が馬の首をぽんぽんと叩いた。そして純也に、

「ご苦労だった」

と言い、また離れて行った。

馬を下りて、関係者に頭を下げずに一日を終えたのはいつ以来だろう。

今日だけで、いつもの純也の一週間ぶんを稼いだ。

純也は、北関東競馬会が運営する常総競馬場にある厩舎に所属する、「北関東の騎手」であり、「常総の騎手」でもある。地方競馬の騎手にはJRAの騎手のような「フリー」のシステムはないのだが、純也のように、所属厩舎から給料を受け取っていない騎手は案外多い。

収入は、賞金の五パーセントの進上金のほか、レースに出るだけで着順によらずもらえる騎乗手当だ。一般のレースだと五千円。JRAの馬も出てくる交流重賞などの大きなレースだと三万円とか五万円になる。しかし、それは純也にはあまり関係のない話だ。交流重賞の出走馬の半数はJRAやほかの地方の馬なので、鞍上もそれらの騎手となる。出場できる北関東の騎手は数名で、桜井や「レジェンド」的山などのリーディング上位騎手に限られるからだ。

定収入としてあてにできるのは、毎朝の調教手当だ。一頭の馬に稽古をつけると四百円もらえる。十頭に乗れば四千円だ。調教にオフはないので、ひと月が三十日とすると十二万円になる。十二をかけると年間百四十四万円。それにときどき加わるレースの騎乗手当や進上金で、純也は何とか食っている――。

顔を洗って検量室を出ると、赤いサマーセーターを着た沙耶香が歩いてきた。いつもどおり、ＩＣレコーダーのマイクを付けたバインダーを胸に抱え、肩に一眼レフをさげている。

勝つと口取り撮影や表彰式などがあって忙しいので、今日は彼女とゆっくり話すことができずにいた。

昨夜の「キタカンＴＶ」での発言に関して、競馬会からいろいろ言われたはずだが、何事もなかったような顔をしている。

「ジュンちゃん、もうちょっとでワンデースリーだったね」

「何だよそれ」

「一日三勝っていう意味。レジェンド的山はワンデーエイトをやったこともあるんだよ」

「そういう意味か」

自分には縁のない表現なので知らなかった。

「ともかく、デビュー初のワンデーツー、おめでとう！」

右手を差し出し握手を求める沙耶香も、実は、純也と同じように、嫌な予感を抱いているのかもしれない。

レース後に採取した検体の検査結果がわかるのは四日後だ。正確には、競走馬医化学研究所の営業日で、検体を調べはじめる日を含めて四日目にわかる。週末を挟む今回は、通常なら来週の火曜日、九月十一日に明らかになる。

しかし、今週のレース後に採取した検体は、木曜日と金曜日に行われる全頭検査の検体と一括して、週明けの月曜日の朝に競医研に送られるという。結果が出る九月十三日、木曜日までは、純也にとって長い一週間になりそうだ。

せっかくいい流れになったのに、明日の木曜日から日曜日まで、四日連続北関東競馬は休みになる。調教はいつもどおり行われるので、純也たち騎手の仕事も休みになるわけではないのだが、ひどくもったいない感じがする。

競馬会が木、金を全頭検査の日に選んだのは、土日を含めて四連休にすると、世間の目がほかに向けられ、冷却期間となることを期待したのか。

茶髪の厩務員のことを沙耶香に話すべきか迷ったが、話そうにも、まだあの男の名前すらわからない。明日の調教の合間に藤井厩舎に行き、調教師か、顔なじみの厩務員に訊いてから伝えるべきだろう。

その夜は、純也の初のワンデーツーのお祝いということで、沙耶香とホテルのフランス料理店で食事をした。

北関東競馬会の創立七十年パーティーが行われたのもこのホテルだ。政治家のパーティーや歌手のディナーショー、作家の講演会などにもよく使われている。

「私たち、式を挙げるならここがいいね」

以前、沙耶香がそう言ったとき、驚いて返事ができなかった。二人の間で式と言えば結婚式に決まっている。が、付き合って二年以上経っていたのに、それまで結婚の話が出たことは一度もなかった。彼女はすぐに話を変えたが、純也が何も言わなかったことで傷ついたかもしれない。

鴨《かも》のローストや色鮮やかなテリーヌなどの前菜は、ナイフを入れるのがためらわれるほど綺麗に盛りつけられていた。

沙耶香は嬉しそうにそれらをスマホのカメラで撮っている。

彼女のインスタグラムとツイッターのフォロワーは十万人以上いる。

純也はＳＮＳの匿名でのやり取りは好きではないのだが、調騎会からの半ば強制とも言える提案で、全員がツイッターのアカウントを取得することになった。投稿できる時間は、開催が終わった金曜の夕刻から、調整ルームに入室する日曜日の夜までと限られている。競馬の公正確保、つまり、八百長などの不正防止のため、調整ルームに通信機器を持ち込んではいけないことになっているからだ。

しかし、過去のレース映像を見たり、馬の血統や戦績などのデータを調べるためのタブレットは持ち込むことができる。それに通信アプリをインストールすれば電話と同じように使えてしまうのだが、規則が追いついていないのが実情だ。

純也のツイッターは、週に一度投稿するかどうかで、フォロワーは数百人しかいない。騎手でもっともフォロワーが多いのは的山で、次が桜井だ。的山は、言い出しっぺなので仕方なくつづけているが、年齢的にデジタル機器に弱く、老眼で細かい字が見えないので、実際は妻が更新している。調教師では、高池礼子のフォロワーが断然多い。といっても、的山も桜井も礼子も二、三万人で、沙耶香の半分にも満たない。北関東競馬会の公式ツイッターでさえ五万人ほどだ。

要は、北関東競馬の関係者のなかでは、沙耶香の発信力が飛び抜けているのだ。曳き運動の途中、馬道の脇に咲いた花に馬が鼻先を寄せる写真に「春の匂いがします」と言葉を添えたり、厩務員が馬の顔を拭いている写真に「お痒《かゆ》いところはございませんか」と付け加えるなど、取材中に見つけたシーンを可愛らしい絵日記風に紹介し、人々を楽しませている。

薬物検出事件に関しては、「キタカンTV」でしゃべったのとほぼ同じ内容をツイートしている。今見たら、リツイートが十万を超えている。フォロワーではない人々も沙耶香のツイートに賛同し、引用・拡散を繰り返しているので、確実に百万人以上の目に触れている。

「テレビやツイートを見た人から、何か情報提供はあった?」

「うーん、あるにはあるけど、北関東競馬に縁もゆかりもない人が想像であれこれ言ってるだけ、って感じかな」

「本当は、犯人からのコンタクトを待っているんだろう」

少し間を置いて、沙耶香は頷いた。

「うん。でも、乗ってくるかな」

「相手が接触してきたら、すぐおれに知らせると約束してくれ。取材源の秘匿とか、そういう問題じゃないんだから」

「じゃあ、どういう問題なの」

「それはまあ、要するに、心配なんだよ」

沙耶香は、純也にそう言わせたかったのだろう。満足そうに笑っている。

「了解、そういうことならね」

メインのフィレステーキが来た。

純也は、デビューしてから四、五年までは減量に骨を折った。いつもうっすらと空腹感を覚え、ふらふらになりながらサウナで「汗取り」をしていた。ところが、六年目ぐらいから、体が自分の理想のサイズと栄養の吸収法を学習したのか、食べても体重が変動しなくなった。

　沙耶香はもともと食べても太らない体質らしく、この細い体のどこにおさまるのか不思議なくらいよく食べる。付け合わせのアスパラとニンジンをまとめて刺したフォークを持ち上げ、言った。

「今のところ、競馬会は創立七十年がらみのイベントを中止する気はないみたいだね」

　先月、このホテルの大宴会場で行われた創立七十年記念パーティーをはじめとする一連のイベントのなかで、純也には、ひとつ気になっていたものがあった。いい意味ではなく、悪い意味で、だ。

「例の婚活パーティーも、予定どおりやるわけか」

「うん、申し込んで、参加費を払っちゃった人がたくさんいるからね」

　来月、十月八日、北関東競馬会創立七十年記念行事の一環として、北関東競馬場のスタンドの一室で、婚活パーティーが行われることになっている。その日は月曜日なのだが、体育の日なので祝日だ。一般の参加者が集まりやすい祝日と開催日が重なるタイミングに、出会いと食事と競馬観戦を楽しんでもらおう、というわけだ。

　先月の創立七十年記念パーティー同様、その司会・進行役も沙耶香がつとめる。女性の参加者代表というスタンスだという。純也としては面白くないが、実際に独身なのだし、仕事なのだから仕方がない。

「この非常時に婚活パーティーなんてやってる場合か、という感じがするけど、キャンセルが続出するよりはいいのかな」

「私もそう思う。あと、私たちと競馬会の人間で根本的に違うのは、彼らに今は非常時だという危機感がないことかな。だって、パーティーに出る気満々の職員もいるんだから、笑っちゃうよね」

「開催委員が言ってたよ。自分たちは突然の降雪による開催中止だとか、日ごろからイレギュラーなアクシデントに対応しているから、危機管理能力は高いって」

「危機管理能力の高いところから、どうしてこんなにつづけてステロイドの陽性馬が出るのか、教えてもらいたいわね」

「せめて監視カメラぐらい付けてもらわないとなあ」

「ツイッターでも盛り上がってたよ。大切な馬がいる厩舎エリアに監視カメラがないなんて信じられない、って」

プレスリリースに「検討事項」として「監視カメラ設置」と記したところ、競馬会の人間たちとは違う「普通」の感覚を持っているファンに、逆に叩かれる結果となったのだ。

「それは競馬会の連中も見ているだろうな」

「うん、間違いない。あまりそこを突っ込まないでくれ、って言われたから」

と沙耶香は苦笑した。

純也は気になっていたことを訊いた。

「『キタカンＴＶ』やツイッターであんなこと言って、競馬会関係の仕事に響かないのか？」

「覚悟してたんだけど、案外何ともないの」

露骨に沙耶香を干したら、逆に叩かれるからか。あるいは危機感がないからか。

そのあとはとりとめのない話になったが、楽しかった。

純也の運転する車がホテルの駐車場を出る前に、助手席の沙耶香は寝息を立てていた。よほど疲れているのだろう。平気なふうを装っているだけで、神経は相当参っているのかもしれない。

細かい雨が舞い落ちてきた。

七

翌朝、一番乗りと二番乗りの調教の合間に藤井厩舎を覗きに行った。

茶髪の厩務員の姿はなかった。

顔なじみのベテラン厩務員が担当馬をブラッシングしていた。

「ああ、権田《ごんだ》のことか」

と厩務員はブラシを手にしたまま言い、つづけた。

「まだ来てねえよ。一週間のうち五日は遅刻しやがるんだ」

そんな人間でもすぐにはクビにならないほど、競馬サークルは人手不足なのだ。

「いつからこの厩舎で働いているんですか」

「先月のなかごろかな」

「馬はちゃんと扱えるんですか」

「いやあ、ひどいもんだ。あれじゃあ、触られた馬が人間のことを嫌いになっちまう」

「タトゥーを見せびらかすところからして、勤務態度は悪そうですね」

「ああ、やっちまった女の名前を彫ってるって自慢してたぞ」

純也が絶句していると、厩務員は声をひそめて訊いた。

「ステロイドの件か？」

「はい。どうしてわかったんですか」

「いや、あいつが警察から事情聴取されたって噂を聞いたからさ」

「やっぱり、そうか」

「おれから聞いたって言うなよ。何されっかわかんねえから」

ほかの関係者に訊いても、みな同じような反応だった。眉をひそめ、呆れたように笑いながら、溜め息をつく。

茶髪の厩務員の名は権田茂信《しげのぶ》。三十代前半。以前も、ここ常総競馬場や北関東競馬場の厩舎で働いていたことがあったが、遅刻や欠勤、手抜きのオンパレードで、クビになるか勝手に辞めるなどしていた。出身地は北海道と言ったり、九州と言ったりしているが、言葉からして北関東だと思われる。前職は不明。かつて小山内厩舎にいたような気がすると言う関係者もいれば、あの厩舎にはいなかったと言う者もいる。

わかったのは、そんなところだ。

この権田という男についての情報を、沙耶香に伝えてもいいものか。

関係した女の名前を自身の体に刻む変質者である。いくらしっかりしているとはいえ、沙耶香は女だ。

心配だが、おかしな男だけに、犯人である可能性は高い。もし、純也が伝えずにいたせいで沙耶香が取材で後手に回ることになったら、それこそ彼女は鬼のように怒るだろう。

二番乗りと三番乗りの調教を済ませてから、スタンドに向かった。開催日の調教中にLINEは使えないので、面倒だが、直接話すしかない。

沙耶香は双眼鏡とストップウオッチを手に、調教タイムを計測していた。

最初、笑顔で手を振ったが、純也の様子から何かを察したらしく、表情を消して近づいてきた。

純也が権田について説明すると、沙耶香はメモを取りながら頷いた。

「一頭目のミスシャーベットを以前担当していた厩務員が怪しい、っていう噂は聞いていたんだけど、それがこの権田って人だね」

「本人に接触するのか」

「まずは周辺取材から始めるけど、いずれは直接コンタクトしなきゃならないだろうな」

「わかっているだろうけど、まともなやつじゃないから、気をつけろよ」

「うん、危ないと思ったら、ほかの記者たちと共同取材の形にして防波堤にする」

「そうしてくれ」

「ところで、今日は調教券、何枚貯まった？」

「三枚。ノルマ達成まであと七枚だ」

純也はポケットから名刺ぐらいの大きさの調教券を出した。一頭攻め馬をこなすたびに調教師からこれを一枚もらい、あとでまとめて競馬会事務所で換金する。一枚四百円の金券である。無記名なので、落としたら返ってこないと思ったほうがいい。実際、純也もこれを拾って換金したことがある。

人馬の影がダートコースにくっきりと映るようになってきた。

今日も暑くなりそうだ。

木曜日から日曜日まで四日間開催がなくなるようにした競馬会の戦略は正解だったようで、ネットのニュースやファンのＳＮＳなどでもドーピング問題はほとんど取り上げられなくなり、静かな週明けを迎えた。

先週のレース後の検体と全頭検査の検体は月曜の朝、競走馬医化学研究所に送られ、その日を含めて四日目、九月十三日の木曜日に結果が明らかになる。

そこで全頭陰性となれば、もう一度それらしいお詫びの文言を発表し、数週間後に関係者の処分を決定して収束、という筋書きを描いているのだろう。

もちろん純也もそうなることを望んでいる。

先週水曜日の二勝がドーピングで失格などということになれば、来月の家賃や光熱費の支払いが滞ってしまう。

今週もおかしかった。

純也の騎乗馬がやたらと動くのだ。開催が常総競馬場に移っても、それは変わらなかった。ほかの騎手が「今日は馬が動くなあ」と嬉しそうにしているのを見たことはあったが、自分のこととして実感するのは、騎手生活十六年目にして初めてのことだった。なぜ動くのか、理由はわからない。先週もそうだったように、馬が勝手に走ってくれるとしか言いようがないのだ。

編集者が素晴らしい作品に出会ったとき、徹夜がつづいて眠いはずなのにどんどん目が冴えてきて、凄まじいスピードで仕事が進んでしまうような状態。これを「エディターズ・ハイ」というらしい。また、ランニング中に苦しいところを乗り越えると恍惚《こうこつ》感や陶酔感を覚えることを「ランナーズ・ハイ」、登山家が極限の状態に追い込まれて平素にはない力を発揮するのは「クライマーズ・ハイ」という。

ならば、今の純也の状態は「ジョッキーズ・ハイ」とでもいうべきか。初めてワンデーツーをやった日は、ドーピング事件のことばかり考えて、レースをこなすために必要な脳の部分が空っぽの状態で馬に乗っていた。なので、純也の体を別の頭脳が操っていたような感じだった。それからの純也は、ある種の躁《そう》状態とも言える、つねにうっすらと興奮した状態で馬に乗っている。

ほかの騎手がワンデーフォーやワンデーファイブ、つまり一日に四勝や五勝の固め勝ちをするのを何度も見てきたが、確かにみな、やたらと口数が多くなったり、意味不明のことを呟《つぶや》くようになったりと、普通の精神状態ではなかったように思う。

だから馬が動くのか。それとも、馬が動くからハイになるのか。どちらが先かはわからない。

この「ジョッキーズ・ハイ」に入る方法や、ハイな状態を保つすべを知っている者はいない。誰にとってもコントロール不能な「ジョッキーズ・ハイ」は、突然訪れ、突然終わる。

純也は、ハイの真っ只中《ただなか》にいることを自覚しつつ、終わりが近いことを覚悟していた。

ところが、純也の「ジョッキーズ・ハイ」は予想外に長くつづいた。九月十日の月曜日から十三日の木曜日まで毎日勝ち鞍《くら》を挙げ、木曜日には二勝した。ほかのレースでも、だいたい単勝人気より上の着順に持ってきて、勝てはしなくても、調教師や馬主、厩務員ら関係者に「ありがとう」と言われた。

負けてしまい、これまでのように深々と頭を下げたレースもあったが、無言で立ち去る関係者はいなくなった。なぜ四コーナーで動かなかったのか、なぜ直線で外に出さなかったのかなど疑問や不満をぶつけてきて、納得したら離れて行く。多くの厩舎関係者は、レース直後の騎手のコメントを次走に向けた馬づくりのヒントにしている。競走馬は、ゲートのなかでカッとなったり、馬群に入るのを嫌がったり、歓声に驚いたり、と、レースでしか見せない部分をいくつも隠し持っている。以前の純也は、そうした当たり前のフィードバックをせず、ただ頭を下げていたのだ。

複雑な思いで待っていた、九月十三日、木曜の夕刻になった。

最終レースでの騎乗を終え、シャワーを浴びた。上半身裸のまま、検量室奥のベンチでスポーツ飲料を飲んだ。常総競馬場での開催なので、敷地内の調整ルームまで歩いて行けばいい。急ぐ必要はない。

競馬会の開催委員と裁決委員が、裁決室から出てきた。

「先週の月曜日から水曜日までのレース後の検体検査、ならびに、全厩舎の全頭検査の結果が出ました」

裁決委員の言葉に、純也は立ち上がった。裁決委員はつづけた。

「北関東競馬場、常総競馬場の厩舎ともに、全頭陰性です。以後も、調教師の指示のもと、厳正な管理をお願いします」

純也は右の拳を握りしめた。

先週水曜日のワンデーツーは幻ではなかったのだ。

沙耶香と抱き合いたい気分だったが、〆切が迫って原稿を書く時間なのか、検量室前に記者はひとりもいない。

午後六時を過ぎても、日中と変わらない明るさだ。

ただスタンドの影の伸び方だけが違っている。

常総競馬場のスタンドは、観客席のある南側が馬場に面している。この時間になると、陽は西の赤城山のほうに傾き、スタンドの影を厩舎エリアの東側に伸ばす。

見慣れた風景のなかを歩きながら、スキップでもするか、踊るか歌うかしたい気分になった。こんな気分で調整ルームに戻るのはいつ以来だろう。思い出せなかった。ということは、初めてなのか。

「おう、純也、ずいぶん調子がいいじゃないか。何をつかんだ」

桜井が並びかけてきた。

「いや、特に何かをつかんだわけじゃないんだ」

「じゃあ、何が変わった？　何もないとは言わせないぞ。薬物事件が起きる前と起きたあとのお前は、明らかに別の騎手だ」

いつもどおりの気安い話し方だった。

「うーん、変わったことか……」

純也の騎乗馬が急に動き出したのは、二頭目の陽性馬となった高池礼子の管理馬のドーピング違反が明らかになってからだ。

好きで就いた騎手という仕事をつづけられなくなるかもしれない、という危機感を初めて抱いた。憧れていた礼子が追い込まれたことも不安を大きくした。自分に何かできることがあるのかと、ずっと考え、レース中も、自分の騎乗馬のことより、礼子のことや、小山内と権田のことを考え、集中し切れなかった。ボーッとしたまま馬に乗り、気がついたらゴールしていた――というレースがつづいた感じだった。

礼子に関することだけ端折《はしょ》って、そう桜井に話した。

「なるほど、それで余計な動きがなくなったんだな」

「余計な動き？」

「お前が勝てるレースを落としてきたのは、だいたい同じパターンだ。じっとしていなければいけないところで動いたり、緊張から来る動揺が馬に伝わって、馬がゴーサインと勘違いして反応したり、何の指示かわからず戸惑って、そこからのコミュニケーションがギクシャクしたりとな。昔から何回言われても同じミスを繰り返してきた」

「わかっていたよ、頭ではな」

「ところが、先週と今週のお前は、鞍上《あんじょう》で空気になっていた。余計な動きをしなくなったばかりか、必要な動きもしない。他馬の上から見るおれたちにとっても、何を考えているのかわからないから不気味だったよ。それがまさか、ドーピング事件のことで頭が一杯だったとはな」

　桜井は呆れたように言った。

「ということは、ドーピング問題が解決したら、おれはまた以前の『詫びの名手』に戻ってしまうわけか」

「いや、わからんぞ。『攻め馬大将』として磨いた技術が自然と生きている部分もあるのかもしれない」

「何だよ、その『攻め馬大将』って」

「お前、自分がそう呼ばれていることを知らなかったのか」

　初耳だった。確かに純也ほどのキャリアがありながら、最低一日十頭、多い日は十五頭以上の馬に稽古をつけている騎手はほかにいない。

「おれは、生活のために乗ってるだけなんだけどな」

「そういうのをプロ意識って言うんだぞ。お前、無自覚のうちに、中身は三流じゃなく一流になっていたのかもな」

　昔からはっきりモノを言う男だ。

「勝つって、いいもんだな。負けることに慣れすぎて、騎手の仕事の醍醐《だいご》味《み》に気づかないまま終わるところだった」

「親父もお前の騎乗を褒めていたよ。来週の華厳《けごん》賞で、前走までおれが乗っていたマイハリスホークに乗ってほしいって言ってるんだけど、空いてるか？」

桜井の父、春哉《しゅんや》はかつて北関東のトップジョッキーとして鳴らした調教師である。「名騎手、名調教師ならず」と言われているこの業界にあって、調教師としても成功している。桜井は父の厩舎に所属している。

「もちろん空いてるけど、お前は……そうか、ハイエアーに乗るのか」

ハイエアーは同じ桜井厩舎の馬で、前走まで四連勝している実力馬だ。

一方のマイハリスホークは、デビューから三連勝してクラシックを賑わせた期待馬だったが、骨折による長期休養後は、なかなか本来の走りができずにいる。

もし本当にマイハリスホークの騎乗を依頼されれば、純也が北関東の名物重賞である華厳賞に乗るのは五年ぶり、三度目になる。過去の二度はともにふた桁着順だった。

ほかの地区の馬も参戦してくる華厳賞は、一流騎手でさえ、騎乗馬を確保するのに苦労するレースだ。

「言ってみれば、このところ無意識の自然体で馬を動かしていたお前が、今おれと話して馬の動く理由を意識するようになった。その状態で、プレッシャーを意識せざるを得ない重賞に出て、おれ以上にマイハリスホークを走らせたら本物だ」

桜井は明らかに純也にプレッシャーをかけようとしている。

今までこんなことはなかった。

「お前以上に走らせたら本物ということは、今のおれはバッタモンか」

冗談めかして言い、横目でうかがった。
桜井は笑っていなかった。

八

翌日、九月十四日の金曜日。純也は六鞍《くら》に乗って四勝、二着一回、三着一回というパーフェクトな成績をおさめた。前週初めてワンデーツーをやって喜んでいたら、今度は一気にワンデーフォーをやってしまったのだ。

急に騎乗馬の質が上がったわけではなかった。なぜなら、この日乗った六頭はすべて、前走も純也が乗っていた馬だからだ。

馬が急に強くなったか。あるいは、純也が急に上手くなったか。

みなが後者だと思っていることは伝わってきたが、あまりにできすぎのような気がして、素直に喜べなかった。

勝つと、「次」に向けての選択肢が一気にひろがる。次はいつ、どんな距離のレースにするか、レース本位ではなく馬本位で選ぶことができる。そのうえで同じクラスの他馬の動向をうかがいながら、少しでも勝つチャンスのあるところを狙う。また、予想以上に強い勝ち方をした場合は、次は他地区に遠征するか、賞金の高い中央交流レースに挑戦しよう、という声も陣営から出てくる。負けると、また同じ条件のレースを勝てるように頑張るという一択になってしまうのだが、勝つと、陣営と話すことが急に多くなる。

勝つようになってわかったことがほかにもある。

レースの合間、検量室でほかの騎手があまり話しかけてこなくなるのだ。

桜井などは、顔を洗っているとき横に純也が来たことに気づくと、とっととほかの場所に行ってしまうほど態度が変わった。

——あいつ、こんなに負けず嫌いだったのか。

驚かされたと同時に、これまでは、桜井をはじめ、純也より成績のいい騎手たちは、純也を下に見ていたから接し方も甘かったことに気づかされた。

当たり前だが、純也を舐めていたのは通用門の警備員だけではなかったのだ。

これまでの一年ぶんの勝ち鞍を、わずか半月の間に挙げてしまう勢いだった。

朝、調教師から調教券をもらうのを見た若手に、

「先輩、もうそんなに攻め馬に乗らなくてもいいじゃないですか」

と苦笑まじりに言われた。

高額の進上金が入るようになったのだから、チマチマと調教料を稼ぐ必要はないだろう、という意味だ。純也がこれまでどおりたくさんの馬の調教に乗ってしまうと、そのぶん、あまり勝てない若手が稼ぐ機会を奪ってしまうことになる。

――勝つようになったらなったで、面倒なことが出てくるものだな。

十年以上も「攻め馬大将」と陰口を叩かれるほど調教に乗ってきたので、急に数を減らすと心身のリズムが狂ってしまう。

まずは、一日十頭をノルマではなく上限とすることにした。

それはいいのだが、もしまた前のように勝てなくなったらどうしてくれるのだろう。特に誰かが何かをしてくれるわけではなく、自然と調教に乗る頭数が多くなり、下の者に施しとして優しく接してくれる騎手が多くなる、つまり、元に戻るだけなのか。

純也は、大手建設会社の役員をしている馬主から聞かされた「Dの人」という話を忘れられずにいる。

その馬主の会社では毎年人事査定をするとき、部署ごとにA、B、C、Dの四段階で相対評価しており、最高のAも最低のDも、必ず誰かに付けることになっている。査定をする部長クラスがいつも頭を悩ませるのは、上のほうの評価より、誰をDにするかなのだという。ボーナスの額などに反映されるので、当人は自分がDと評価されたことを知ることになる。

その会社のある部署には、五十歳を過ぎているのに、毎日のように遅刻し、自席に座るとマンガ雑誌をひらいてゲラゲラ笑っている男性社員がいるという。部長はまず、その男にDを付けてからほかの部下の評価を考える。そういう「Dの人」がいると、そのグループの人間関係も雰囲気も非常によくなるのだという。

純也はずっと自分は「Dの騎手」なのだと思っていた。少し前まではそのとおりで、だから北関東競馬の騎手たちの秩序が保たれていた。

ところが今は、検量室や調整ルームの雰囲気があまりよくない。驚くほど多くの騎手が、自分が「Dの騎手」になるのではないかと戦々恐々としているのだ。

——それほど怖がることはないのに。

と長年「Dの騎手」をやってきた純也は思う。

やっていることは「Aの騎手」と何ら変わりはない。馬に乗って競走する——このひと言に尽きる。ただゴールする順番が後ろになるだけだ。

むしろ違いが明らかになるのは馬を下りてからだ。観客からの野次が多くなるし、厩舎関係者の態度はぞんざいになる。大きなレースがある日などは、人間というより、関係者の移動の邪魔になるモノのように扱われ、記者たちからは、鞍を置く木製の枠や、足元にあるバケツなどと同じような目で見られる。

一番の違いは経済力か。家も車も「Aの騎手」のように高級なものは買えず、食事も粗末なものになる。が、家や車が問題になるのは、たかだか週に二日のことではないか。ほかの五日は調整ルームや検量室裏の食堂で「Aの騎手」たちと同じものを食べているのだから、どうってことはない。

養うべき家族がいないし、老後の貯《たくわ》えについてまだ何も考えていないからそんなことを言えるのかもしれないが、ともあれ、DならDで何とかなるものだ。

何より、「Dの騎手」の純也が、「Aの騎手」を含むすべての独身男が憧れる、美人タレントの夏山沙耶香を恋人にすることができたのだ。

だから純也には、「Dの騎手」に逆戻りする恐怖感はまったくない。

翌週、舞台が北関東競馬場に移っても、純也のジョッキーズ・ハイはつづいた。月曜日から毎日勝ち、木曜日終了時で今季の二十勝目をマークした。

夜、翌日の騎乗馬の過去の成績とレース動画を見ようとタブレットで競馬ポータルサイト「競馬ネット」をひらいた。華厳賞で乗るマイハリスホークのページにファンの最新コメントの一部が出ているのだが、そこに「一色」という文字を見つけ、タップした。

驚いた。何人、いや、何十人ものファンが純也に関して書き込んでいるのだ。純也のファンではなく、競馬ファン、であるが。

〈今日も一色、神ってたな〉

〈ドーピング事件が起きてから、あのヘタクソが別人になった。もしや……〉

〈一色の馬も薬漬けなのか〉

〈ドーピング検査のすり抜け方を発見したんじゃね?〉

〈外厩《がいきゅう》で一定期間ステロイドを投与して鍛えて、しばらく間を置いてからレースに使

えば検出されないだろう。放牧明けの激走なら怪しい〉

〈馬じゃなく、自分にシャブ打ってたりしてw〉

〈騎手はドーピングしてもいいの？〉

〈走るのは馬だよ、バーカ〉

〈噂になってるキャスターの女がテレビで爆弾発言、相手の騎手がドカ勝ちって、何かの仕込みかよ〉

読んでいると気分が悪くなる。

こんなものは見なければよかったと思うが、つい画面をスクロールしてしまう。

なかには、ただのファンではなく関係者ではないかと思うような書き込みもある。

外厩というのは、短期放牧に出された馬がレースとレースの合間を過ごす育成場のことなのだが、そこで一定期間ステロイドを投与するという方法などは、関係者しか思いつかないのではないか。調教師か、馬主か、それとも外厩サイドの人間か。

このサイトでは沙耶香が連載コラムを持っている。普通のネット掲示板と違い、ユーザー登録をしないと書き込めないので、誰が投稿したか特定できるという。しかし、投稿した人間がわかったとしてどうなるのか。

——考えるのはやめよう。

いったん疑心暗鬼になると泥沼に嵌まり、みなが自分を陥れようとしているかのように思えてくる。

調整ルームで相部屋になっている若手騎手の寝息が聞こえてきた。二頭目の陽性馬となったユアトラベラーに乗っていた遠藤だ。先週部屋割りが変更され、イビキのひどい先輩から、静かに眠る彼に替わって助かった。

純也も寝ようとしたが、眠れなかった。遠足の前日の子供ではないが、明日、華厳賞に出るということで神経が昂《たかぶ》っているのかもしれない。

それにしても、自分が乗って勝った馬のなかに、本当に、検出を逃れるドーピングが可能だった馬がいたのだろうか。

念のため、純也が乗る前の戦績を確認してみた。

休養明けの馬はいなかった。

少しほっとすると、眠気がやって来た。


九月二十一日、金曜日。伝統の北関東重賞、第四十二回華厳賞の発走時刻が近づいてきた。舞台はダート二〇〇〇メートル。南関東や岩手から遠征してきた馬を含めた十二頭の精鋭が、一着賞金一千万円の獲得を狙う。

勝てば、騎手には五十万円の進上金が入る。

以前の純也のほぼ二カ月ぶんの収入だ。

スタートからゴールまで、二分少々の間に五十万円を稼ぐ――というと、いかにも花形職業という感じがする。しかし、出走馬はわずか十二頭、うち北関東の厩舎所属馬は半数の六頭しかおらず、その鞍上としてゲート入りするまでが大変なのだ。

的山や桜井だって毎年出ているわけではない。

馬のほうも、出走権を得るために、それまでのレースで好走して賞金を稼いでおかなければいけない。そのうえで、ここに向けて馬体とメンタル面のケアを入念に行い、厳しく、それでいて脚元に不安が出ないよう慎重にトレーニングを課し、栄養、運動、休養の三要素を高いレベルで整え、仕上げなければならない。

綺麗な花を見せることができるのは、背景に、土づくりや水やり、施肥、剪定《せんてい》、病害虫対策などの地道な作業があることに似ている。

一番人気は桜井のハイエアーで、単勝は三倍ほど。差なく、南関東の二頭と岩手の一頭がつづく。

純也のマイハリスホークは単勝二十倍前後の六、七番人気だ。近走の成績が冴えないし、インコースほど砂の深いこのコースで最内《さいうち》の一番枠を引いたのもマイナス要因とみなされていた。

純也がマイハリスホークに乗るのは、四日前の追い切り以来、二度目だった。

初めて跨《また》がったとき、乗り味のやわらかさに驚いた。四肢に高級車のサスペンションを装着しているかのように衝撃を吸収し、滑るように走るのだ。連勝していたころの背中を知らないので何とも言えないが、確かに、フットワークに若干の重さがあり、それが反応の鈍さになっているように感じられた。

それでも、これほどいい馬に乗ったのは初めてだった。

――重賞を勝つのって、こういう馬なんだろうな。

そう思った。

今日の乗り味も、相変わらず素晴らしい。

パドックで、調教師の桜井から乗り方の指示を受けた。「砂をかぶると走る気をなくすタイプなので、そこだけ気をつけてくれ」という簡単なものだった。指示というより注意事項だ。それだけ言うと、すぐにもう一頭の管理馬であるハイエアーのほうに行き、息子にいろいろと指示を出しはじめた。

マイハリスホークには、あまり期待していないようだ。

おかげで、純也の好きなように乗れる。といっても、どんなレース運びをするかはまったく決めていなかった。

決めていたのは、めったに乗れない重賞の雰囲気と、素質馬の乗り味を存分に楽しむ、ということだけだった。

桜井に「何をつかんだ」と訊かれたときに答えなかったことがひとつある。いや、正確に言うと、そのときは自分でも気がついていなかった。

自身の成績アップにつながっているかもしれない「何か」を、純也は、ここ数日意識するようになっていた。

そのヒントをくれたのは、レジェンドの的山だった。

数年前に読んだ競馬雑誌に掲載されていた的山のインタビューで、興味を抱いたものの、意味のわからないところがあった。

それは的山のこんな言葉だった。

「おれは、勝とうと思ってレースに出たことは一回もないんだ。ライバルがどの馬で、どの馬を負かすことが自分の勝ちにつながるとか、考えたことがない。乗りながらそんなことを考えたらロクなことにならないよ」

だとしたら、何を考えて乗っているのだろう、と不思議だった。

確かに的山はいわゆる「天然」で、自分の騎乗馬を間違えることもあるし、これからスタートするレースの距離を、ゲート入りするまで知らずにいることもある。

勝利騎手インタビューで、

――どこで勝ったと思いましたか？

と記者に質問されても、「覚えていない」「わからない」「勝つなんて思っていなかった」といった調子で、まともに答えたことがない。

勝とうと思わずに乗る──。

それは、的山のように四十年以上のキャリアがあって、何千勝もした特別な騎手だけが到達する「悟りの境地」のようなものだと思っていた。

しかし、そうではなかった。

純也は悟ったわけではないのだが、ドーピング事件のことで頭が一杯になり、勝ち負けどころではなくなった。すると、急に馬が動くようになった。

「勝とう」と思わなければ、競馬というのは実に楽しい。

これまでは、道中、自分が先頭にいる場合は一ハロンを何秒で走るのが理想か考え、好位や中団にいる場合は先頭との差をつねに把握し、どの地点で何馬身差まで詰めているか考えながら乗っていた。さらに、調教師から与えられた指示をレース中に反芻《はんすう》し、そのとおりに乗ろうとしていた。

勝とうと思ってそうしていたのだが、勝てなかった。

そういうことを、すべてやめた。

この数週間で、勝つことの喜びを知った。勝って初めて見えてくる世界もある。勝つことで得られる陶酔感と充足感にはほかの何物にも代えがたい魔力とでも言うべきものがある。怖いほど強い魔力だ。

だからこそ、そこから自由になろうと思った。

もしかしたら、違う理由で馬が動いているのかもしれないし、週に何勝もできるのは単なる偶然で、事故のようなものかもしれない。

——だとしても、今、競馬が楽しいと思えているのだから、それでいいじゃないか。

ファンファーレが鳴った。スタンドから拍手と歓声が沸き上がる。

ゲート入りは奇数番枠の馬から始める。一枠一番のマイハリスホークは最初に入った。

ゲートが開いた。

マイハリスホークは、一度後ろに重心をかけてから飛び出す格好になり、他馬よりゆっくりとしたスタートになった。

真ん中あたりの枠から出た桜井のハイエアーが先頭に立とうとしている。

純也は外の馬たちを先に行かせ、最後尾につけた。

馬群が正面スタンド前に差しかかった。

砂をかぶらないようにしてほしいという調教師の言葉を思い出し、外に持ち出そうかとも思ったが、やめた。せっかく一番枠から出たのだから、このままコースロスのない最内を進ませることにした。そうするほうが、マイハリスホークのフットワークを乱さずに走らせることができる。

十五馬身ほど前を行くハイエアーが一コーナーに入って行くのが見えた。

——やっぱり、桜井は上手いなあ。

後ろからパッと見ただけですぐに彼だとわかる。フォームが美しいからだ。水平にした背中は飛行機の翼のように風を切り、彼自身はもちろん、騎乗馬も体幹がまったくブレていないことが見て取れる。

――おれも、あんなふうに乗れているかな。

脇を締めて腰を上げ、手綱を握る力をゆるめた。マイハリスホークも全身の力を抜いたことがわかった。軽く走っているのだが、それでいて、スタート直後よりストライドは大きくなっている。外から見たら、綺麗なフォームに見えているはずだ。

一、二コーナーを回り、向正面に入った。

先頭は見えないくらい離れた前を走っている。今も桜井のハイエアーが逃げているのだろうか。

「一生懸命」

純也はそう声に出してみた。

これはレジェンド的山の座右の銘だ。サインを求められたら、四十年以上そう書きつづけているという。色紙に自分の名前を書き忘れることはあっても、「一生懸命」の四文字を書き忘れることはないと聞いて、あの人らしいと思った。

レース中、勝とうと思わないのなら、とにかく一生懸命騎乗馬のことを考えて、一生懸命乗るしかない。

その的山の馬が三コーナーで外から桜井の馬をかわそうとしている。半馬身ほど前に出て、そのままひとマクりにするかと思われたが、桜井も負けじと手綱をしごいて並走している。

一気にペースが速くなった。

ほかの騎手たちのアクションも大きくなり、十二頭の馬群全体が激しく鼓動する心臓のように感じられた。

縦長だった馬群が急激に凝縮され、純也の馬だけがぽつんと離れたまま直線に入った。

純也はマイハリスホークを外に持ち出した。

ここからまっすぐ走れば、ゴールまで障害物となる馬はいない。

――さあ、思いっきり走っていいぞ。

左手に持った鞭をマイハリスホークの顔の横で振り、馬の視界に入るようにして風を切る音を聞かせた。いわゆる「見せ鞭」である。

マイハリスホークがぐっと重心を沈め、加速した。

――うおっ、すげえ。

手綱を握る純也の手の動きが、馬の首の動きにつられて速くなった。シュッ、シュッ、シュッと、ボクシングのジャブを打っているかのようだ。

これが「切れる脚」というやつなのか。

内の馬たちを面白いようにかわしていく。

ゴールが見えてきた。

内の桜井と外の的山の馬がびっしり馬体を併せ、激しく叩き合っている。

純也も彼らの追い比べに加わりたかったのだが、マイハリスホークの脚の回転と首の動きが速すぎて、タイミングよくステッキを入れることができない。

仕方なく、手綱を絞って馬銜《はみ》を詰め、首を押す動きだけで追った。

それでもマイハリスホークはさらに末脚《すえあし》を伸ばし、前との差を詰めていく。

ゴールまでラスト十完歩《かんぽ》ほどのところで内の二頭に並びかけた。

的山がちらっとこちらを見た。その目には驚きの光があった。

あと八完歩、七完歩……。

勢いは純也の馬が一番だ。それだけに、内の二頭と馬体を併せるのではなく、少し離れて叩き合いたい。

鞭を内側の右手に持ち替えた。馬は叩かれたのと反対側へ行こうとするからだ。そのまま逆鞭を入れようとしたら、小指がグリップに引っ掛かり、鞭を下に落としてしまった。

あと二完歩、一完歩……。

純也は、何も持っていない右手でマイハリスホークに鞭を入れる動作をしながらゴールラインを通過した。

そこでレースが終わりだとわかっていたのか、マイハリスホークが全身の力を抜いて手前を替えた。馬はどちらかの前脚を前方に突き出して走り、右前脚を突き出しているときを「右手前」、その逆を「左手前」という。

純也も手綱を緩めて腰を浮かし、顔を上げた。

次の瞬間、耳をつんざくような歓声に包まれた。

そのとき、先頭でゴールを駆け抜けていたのが、このマイハリスホークだったことに気がついた。

向正面まで流してから馬をターンさせた。

すると、的山が馬上から声をかけてきた。

「おめでとう、見事だった」

桜井も近づいてきて、

「まったく、どこから飛んできやがった」

と憎々しげに言い、右手を差し出してきた。

その手を握り返し、マイハリスホークの首差しを軽く叩いてから、そっと撫でた。

スタンドの前まで戻ると、初老の担当厩務員が馬場まで迎えに来た。さっき純也が落とした鞭を手にしている。

「大事な商売道具を落としやがって、ヘタクソが」

と鞭を差し出した彼の顔は、涙と鼻水で濡《ぬ》れていた。

厩務員に曳かれ、外埒の切れ目から枠場のほうへと進んで行く。

スタンドから「ありがとう」と「おめでとう」という声が聞こえてきた。

見ると、たくさんの観客がこちらに手を振っている。

純也はそれに応えて馬上で一礼してから、左の拳を突き上げた。

拍手と歓声でスタンドが揺れたように感じられた。

馬主とその家族は大喜びで、握手した純也の手を離さず、馬上から引きずり下ろされそうになった。

「1」と記された枠場に入ると、調教師の桜井が小声で言った。

「ハイエアーの馬主さんがいるから喜ぶわけにはいかないが、よくやってくれた」

下馬して検量室前に行くと、沙耶香が泣いていた。

それは予想できたのだが、近くにいた狩野という男の記者まで泣いているのを見たときは、当人が言うのもおかしな話だが、もらい泣きしそうになった。

後検量を終え、口取り撮影をしてから表彰式が始まった。

優勝騎手トロフィーを受け取り、華厳賞の歴史に自分の名前が刻まれるのかと思うと、初めて震えが来た。

これほど祝福されたのも、これほど多くの人々に応援されていることを実感したのも初めてのことだった。

――大レースを勝つというのはこういうことなのか。

じわじわと湧き上がってくる喜びを感じながら、この幸福な時間のすべてをぶち壊してしまうのがドーピングなのだと思うと、背筋に悪寒を覚えた。

九

翌週、北関東競馬に激震が走った。

華厳賞で上位入線した三頭のうち二頭から、またもスタノゾロールが検出されたのだ。陽性反応を示したのは、的山が乗って二着となったロケットスターと、桜井が乗って三着となったハイエアーだった。

競走馬医化学研究所から北関東競馬会に通知が来たのは九月二十八日、金曜日の午後のことだった。レース直後に検体を採取してから検査結果が明らかになるまで、間に土日と祝日が挟まれていたので、これだけ日数を要したのだ。

メインレースに乗る準備をしていたとき、急に裁決室の職員の出入りが多くなったのでどうしたのかと思っていると、最終レース終了後、陽性馬が出たことが騎手や調教師に告げられた。

「マイハリスホークからは出なかったのか」

誰が言ったのかはわからなかったが、そう聞こえた。

確かに不思議だった。

純也が乗ったマイハリスホークと桜井のハイエアーは同じ桜井厩舎の馬なのに、なぜ片方は陰性で、もう片方は陽性だったのか。

これが愉快犯の仕業だとすると納得がいく。

結果が出た今となっては、勝ったマイハリスホークを狙ったほうが目立つように思われるが、最終的に一番人気になったのは桜井のハイエアーだ。そして、的山のロケットスターは四番人気。二番人気と三番人気は南関東の馬だった。純也のマイハリスホークは六番人気だった。

そこまで読むことができた人間が薬物を投与したのだろう。

一、二頭目と同じく、これら三、四頭目の陽性馬はどちらも北関東競馬場の厩舎ではなく、常総競馬場の厩舎所属馬だった。

犯人は、ロケットスターとハイエアーに同じタイミングで投与したのか。常総競馬場の厩舎で投与したのか。それとも、レース当日、北関東競馬場内の出張馬房で投与したのか。常総競馬場の厩舎所属馬や、他地区から遠征してきた馬は、レース当日、「つなぎ馬房」と呼ばれる出張馬房に入ることになっている。

夕刻、北関東競馬会が、この件に関する措置を発表した。

まず、華厳賞のロケットスターとハイエアーを失格とし、四、五着となった馬を二、三着に繰り上げること。さらに、明日、土曜日に組まれている北関東競馬会創立七十年記念特別開催は予定どおり実施するが、来週月曜日から金曜日までの開催を中止し、代替開催は行わないこと。そして、再度全頭検査を実施するとともに、当面、宅配業者など部外者の厩舎地区への立入を禁止し、可及的すみやかに厩舎地区に監視カメラを設置する、という内容だった。

その後、北関東競馬場から常総競馬場の調整ルームに戻るバスの車内では、騎手全員が押し黙っていた。

的山は胸の前で腕を組み、目を閉じたままだった。

ロケットスターは、調騎会会長の大杉の管理馬だ。要は、調騎会の会長と副会長のコンビから、陽性馬が出てしまったのである。

ロケットスターは投資家の葛城《かつらぎ》、ハイエアーは解体業を営む犬飼《いぬかい》という馬主の所有馬だ。いずれも所有馬から薬物が検出されたのは初めてのことだった。

これで二頭目の陽性馬の乗り手となった桜井は、憮然《ぶぜん》とした表情で窓の外に目をやり、何度も溜め息をついていた。

翌日の北関東競馬会創立七十年記念特別開催は荒れに荒れた。

午前中のレースで、いい手応えで直線に向いた純也の馬の前にいた的山の馬が急に外に斜行してきた。純也の馬の前脚が的山の馬の後ろ脚にさらわれ、支えをなくした騎乗馬は転倒、純也も馬場に叩きつけられた。あおりを受けたほかの二頭も騎手が落馬して競走を中止した。うち一頭の騎手は桜井だった。

幸い、落馬した騎手は三人とも軽傷で、馬も無事だった。純也を含む三人とも、午後のレースでも乗りつづけた。

斜行により三頭の馬の走行を妨害した的山は、四日間の騎乗停止処分となった。的山は、「背中にも目がついている」と言われるほど、斜行などのインターフェアの少ない騎手として知られている。顔はごついが騎乗はクリーンなのだ。その的山が騎乗停止になるのは、実に五年ぶりのことだった。

「申し訳ない！」

と的山は、純也たちが恐縮するほど何度も頭を下げた。

的山がわざと斜行したわけではないことは、レースを正面から撮影したパトロールフィルムを見ても明らかだった。馬が内馬場にある子供のための遊戯施設か、レース映像を映すターフビジョンに驚いて、急に横っ飛びしたのだった。

しかし、普段の的山ならもっと早く対処して、ここまで大きな斜行をせずに済んでいたようにも思われた。それを口に出す者はいなかったが、当人の的山を含め、みながそう思っていることが伝わってきた。

いつもと何かが違う。

集団心理の一種なのか、出場している騎手全員が数秒先に起こり得るアクシデントに怯《おび》えているかのように他馬との間隔を置いてスローで流れる展開になったり、逆に、みなが悪霊に取り憑《つ》かれたかのように激しくぶつかり合うレースになったりと、自分以外の人馬に極度の不信感を抱いているかに思われた。

そんな不穏な空気が漂うなか、メインレースでも事故が起きた。

スタート直後、大外枠から出た桜井の馬が急激に内に斜行し、四頭ほどを内に押圧《おうあつ》する格好になった。行き場を失った被害馬の騎手のひとりが落馬し、ほかの騎手たちも鞍《くら》に尻餅をつくなど、大きな不利を被《こうむ》った。

加害馬に乗っていた桜井は、手綱を引いて馬の顔を外に向けて軌道修正を試みた。そうして馬上で立ち上がるように外に重心をかけたとき、彼が握っていた手綱が切れた。弾かれるように落馬した桜井は、片側だけ馬銜《はみ》につながった手綱をすぐには離さなかった。騎手の本能だろう。二〇メートルほど馬場を引きずられて転がった桜井を、数頭の後続馬が踏みつけた。純也の騎乗馬の左後ろ脚も、桜井の体に当たったことがわかった。その嫌な感触を持ちつづけたまま馬を走らせ、ゴールしたら、勝っていた。

こんなときでも口取り写真の撮影や表彰式は行われる。

検量室前に戻ると、沙耶香が駆け寄ってきた。

「桜井さん、意識はあるって」

「そうか、よかった……」

北関東市内の総合病院に運ばれたらしい。

夕刻、北関東競馬会が新たなプレスリリースを出した。

開催中止が明けた十月八日に記者会見を実施すること、また、その翌週に厩舎地区に監視カメラを設置すること、そして、一週間の開催中止となっても、今季の黒字達成は確実であること——が記されていた。

黒字云々《うんぬん》はどうでもいいような気もするが、それが存続の条件なのだから言及する意味はあるのか。

「このリリース、桜井の容態に関する報告がないな」

常総競馬場の調整ルームに戻った純也が言うと、若手騎手の遠藤が苦笑した。

「まあ、競馬会らしいと言えば、らしいですね」

「これから桜井の見舞いに行こうと思うんだが、付き合わないか」

純也が言うと、遠藤が頷いた。

「はい、ぼくも心配だったんです」

おれも、ぼくも、と、ほかに四人の騎手が手を挙げた。みな、家に帰っても誰も待っていない独身の若手騎手だった。

何となく、ひとりで行くのはためらわれたので、救われた気がした。

桜井が入っていたのは集中治療室ではなく、普通の個室だった。

桜井は仰向《あおむ》けになり、頭に包帯を巻いていた。ベッドの脇に桜井の妻がいた。妻が桜井の耳元で純也たちの来訪を告げると、桜井は上を向いたまま、

「おう、わざわざ悪いな」

と掠《かす》れた声で言った。落馬の衝撃で頸椎《けいつい》をやられたのか、頭を動かすことができないようだ。

「全治どのくらいなんだ」

純也が訊くと、桜井は目だけをこちらに向けて答えた。

「六週間だってよ。鎖骨と肋骨《ろっこつ》の骨折とムチウチだ」

「なら、もっと早く復帰できそうですね」

遠藤が言った。

騎手は総じて高い回復力があり、だいたい医師の見立ての三分の二か、早い者は半分ほどの期間で馬に乗り出すケースがほとんどだ。

それには答えず、桜井が訊いた。

「あのレース、誰が勝ったんだ」

桜井の妻の表情がかすかに動いた。桜井は知っていて訊いたのかもしれない。

「おれだよ」

純也が答えると、遠藤ら若手が息を呑むのがわかった。

桜井は黙って目を閉じた。

桜井の妻も何も言わず、桜井の胸のあたりに視線を落としている。彼女とも結婚前からの知り合いなのだが、今日はどこかよそよそしい。

しばらく沈黙がつづいた。

医師と看護師が入ってきたのをしおに、純也たちは病室を出た。

「桜井さん、元気そうでよかったですね」

遠藤の声がひとけのない廊下に響いた。

どう答えようか考えていたら、沙耶香からＬＩＮＥでメッセージが来た。

〈ご飯まだなら、つくって待ってるよー〉

すぐに返信した。

〈頼む、サンキュー！〉

異様な一日だったので、自分の腹が減っていたことも忘れていた。

沙耶香特製のポークピカタは絶品だった。

食後、コーヒーを飲みながら、二人はそれぞれスマホとタブレットを手に、北関東競馬会のサイトや競馬ポータルサイトなどをチェックした。

やはり、多くのファンが、一連の薬物検出と、この日の荒れたレースとを結びつけてネタにしていた。

〈馬が薬でラリって大暴れ〉

〈現場にいましたが、発汗している馬が多すぎます〉

〈これはもはや常用の疑いありと見て調べるべき。馬も、人間も〉

〈薬物問題が起きてから、ひとりだけオイシイ思いしてるジョッキーがいるな。一色にしてみりゃステロイドさまさまだろう〉

こういうところに匿名で無責任な書き込みをする人間は、アナボリックステロイドと興奮剤の区別もついていないのだが、ニュースを見たほとんどの人が、おそらく同じような受け止め方をしているのだろう。

何しろ、このひと月半ほどの間に四頭の馬から同じ禁止薬物が検出されているのだから、弁解のしようがない。

「ちょっと、これまでの情報を整理してみようか」

沙耶香がタブレットにキーボードを取り付け、打ちはじめた。

＊

一　ミスシャーベット（牝五歳、常総・小山内厩舎、桜井騎手、関本氏所有、二位入線）
八月十三日（月）　常総で出走／八月十七日（金）　検出
八月二十日（月）　小山内厩舎全頭検査

八月二十六日（日）北関東競馬会創立七十年パーティー

二　**ユアトラベラー**（牡四歳、常総・高池厩舎、遠藤騎手、鉢呂牧場所有、一位入線）
八月二十七日（月）北関東で出走／八月三十一日（金）検出
九月一日（土）　高池厩舎全頭検査
九月三日（月）　臨時運営協議会
九月五日（水）　純也ワンデーツー
九月六日（木）、七日（金）開催中止、競馬場全頭検査
九月十日（月）～十四日（金）純也好調、十四日ワンデーフォー

三　**ロケットスター**（牡五歳、常総・大杉厩舎、的山騎手、葛城氏所有、二位入線）

四　**ハイエアー**（牡四歳、常総・桜井厩舎、桜井騎手、犬飼氏所有、三位入線）
九月二十一日（金）華厳賞（北関東）出走／九月二十八日（金）検出
九月二十九日（土）北関東競馬会創立七十年記念特別開催　落馬多発
十月一日（月）～十月五日（金）開催中止、競馬場全頭検査
十月八日（月）　婚活パーティー、記者会見

＊

「だいたいこんなところかな」

と沙耶香がタブレットを見せた。

「何でおれのワンデーツーやワンデーフォーまで入ってるんだよ」

「備忘録というか、記憶を喚起するためでもあり、ジュンちゃんのバイオリズムと事件の動きから、何か見えてこないかなと思って」

「まるで、おれが事件に関係あるみたいじゃないか」

「ネットでは『一色犯人説』も出てきているよ」

それは純也も知っていた。

薬物事件発生後、急に成績がよくなったので、一部ではそう見られているようだ。

「『一色犯人説』を主張する連中は、おれがそんなことをして、何のメリットがあるっていうんだろうな」

「一番多いのは、桜井さんを陥れるため、っていう見方かな。ネットの住民の言い方だと、桜井さんを『下げる』ため、っていうことになるけど」

純也は笑えなかった。

ここに来る前、騎手仲間と桜井を見舞ってきたことは、沙耶香には話していなかった。

桜井も、彼の妻も、どことなくよそよそしかったのは、ずっと下に見ていた純也が、たとえ短期間のこととはいえ、対等以上の立ち位置に来てしまったことを受け入れ切れずにいるからだろう。一連の薬物事件を機に純也と明暗が分かれ、暗い側から明るい側を見る気になれない、という部分もあったのかもしれない。

犯人説といえば、あの男のことはどうなっているのだろう。

「なあ、厩務員の権田について、何かわかったのか」

「うん。まだ直接コンタクトは取っていないんだけど、近々、話すことができるかもしれない」

「大丈夫なのか」

「うん、あの人、再来週の婚活パーティーに参加するから」

沙耶香が司会をする、例のパーティーだ。

「何だって？　厩舎関係者も参加していいのかよ」

「いいみたいね。参加者名簿を見たら、ほかにも何人かいたよ」

「でも、自分の担当馬がレースに出ることになったらどうするんだ」

「そのときはキャンセルするんじゃないの」

「パーティーじゃなく、競馬をキャンセルするやつもいそうだな」

「ほんと、そうだね」

と沙耶香は笑った。

彼女の笑顔をそばで見ているだけで幸せな気分になれる。

こうして二人で過ごすのは久しぶりだ。沙耶香はただでさえスケジュールがびっしりなのに、イレギュラーの薬物事件の取材でさらに忙しくなり、自由な時間を取ることができなくなっていたのだ。

「権田が怪しいと思っている関係者は、結構多いのか」

「そうだね、今のところ本命かな」

「その言い方だと、ほかにも怪しいやつがいるってことか」

「そう。時間が経って、ひとつ、またひとつと事件が起きるたびに増えていく」

「おれも入っているんじゃないだろうな」

「さあ、どうかしら」

「どうかしらじゃないよ、まったく」

「まだちゃんと形になっていないけど、今、容疑者リストを兼ねた、簡単なレポートみたいなものを書いているから、今度見てくれる？」

「おっ、そりゃ楽しみだな」

「ジュンちゃんと私だけが見られるストレージで共有しようか。文書や写真を少しずつアップロードしていくから、ジュンちゃんも思ったことを書き込んでよ」

「いいけど、おれに関するレポートはいらないからな。それと、おれが書き込んだ文章を添削するのもやめてくれ。『てにをは』を直されると、傷つくんだから」

それには答えず、沙耶香はキーボードを叩いている。

「はい、今、ＬＩＮＥにリンクを送ったよ。まだ何も書いてないけど」

タイトルは「ジュンとサヤカの事件簿」となっている。

「こういうタイトルのマンガ、ありそうだな」

「うん、名コンビが謎を解明して、事件を解決するの」

「謎ねえ。おれはそんなに複雑なものだとは思ってないけどなあ」

「というと？」

「答えはシンプル。犯人は権田だろう」

「かもしれないけど、決めつけは危険だよ」

「そうかなあ。陽性馬が全部常総競馬場の厩舎の馬っていうのも、あの男が犯人だと示しているように、おれは思うけどね」

「今回、常総競馬場の厩舎ばかりが狙われていることも、いろいろな憶測を呼んでいるみたい。北関東競馬場サイドの陰謀じゃないか、とか」

「そんな話が出ているのか。今はもう、互いの対抗心はないと思うけどなあ」

競馬場そのものの大きさやスタンドなどの施設の新しさと充実度、また、厩舎エリアの広さや、そこにある厩舎の数などは、北関東競馬場が常総競馬場を圧倒的に上回っている。しかし、平成の初めに「北関東の雄」と呼ばれ、中央、つまり、ＪＲＡの重賞を制したことのあるスプリームオペラは常総の厩舎の所属馬だった。また、レジェンドの的山道雄、スターとして注目される桜井雅春などのトップジョッキーも常総の厩舎所属だ。

常総の人馬が強いのは「反骨心」があるからだと言われていた。

北関東競馬場にベースを置く騎手や調教師にとっては面白くない。自然と、常総競馬場の騎手や調教師を敵視するようになり、常総サイドも受けて立つ形となっていた。しかし、ほかの地区の地方競馬やＪＲＡとの交流競走が増えたここ数年は、「北関東」というくくりで一体感が強くなったからか、「北関東対常総」という考え方をする厩舎人は少なくなった。

沙耶香が、左手の人差し指に髪を巻きつけるようにしながら言った。

「あと、馬主会や、政治的な問題も絡んでいるかもしれない」

「馬主会と政治？　薬物とどう関係があるんだよ」

「ジュンちゃん、本当に何も噂を聞いてないの」

「ああ、北関東の陰謀説も、馬主会や政治絡みっていうのも、全部初耳だよ」

「ジョッキーがネタ元になっている話も結構あるんだけど、おかしいなあ」

「おい、まさか、おれが当事者だと疑われているから、そういう情報のやり取りでも蚊《か》帳《や》の外に置かれているとか……」

なのに、恋人の沙耶香に話すのはどうしてなのかと言おうとして、やめた。二人の結びつきはそれほど強くないと見られているか、すぐに純也が捨てられて終わると思われているのだろう。

「調整ルームでしか出てこない話なんかもあるだろうし、ジョッキーへの聞き込みはジュンちゃんに頼みたかったんだけど、この調子だと難しそうだね」

「そ、そうだな」

「来週のなかごろにはレポートをアップするから、楽しみにしててね」

本当に自分もリストに入っているのではないかと、不安になってきた。

十

翌週、十月一日の月曜日、北関東競馬場と常総競馬場に在厩する全頭の二度目の薬物検査が実施された。

そして夕刻、先月と同じメンバーによる臨時運営協議会が、北関東競馬場内の北関東競馬会本部で行われた。

競馬会の出席者は、県理事の副管理者、事務局長の小此木《おこのぎ》、広報部長の槙野《まきの》。

調騎会からは、会長の大杉調教師と、副会長の的山騎手。

馬主会からは、会長の前島と副会長。

進行役も、前回と同じ県の農林水産部の職員だった。

まず、競馬会から、監視カメラ設置の日取りが発表された。

十月十五日、月曜日に、北関東競馬場の厩舎エリアに百二十台を、常総競馬場の厩舎エリアに八十台を設置するという。

最初の陽性馬が出たのが八月中旬だった。二カ月後にようやく監視カメラを設置というのはいかにも遅すぎる。すぐに対応していれば、二週間後の二頭目はともかく、ひと月後の三頭目、四頭目の陽性馬は出なかったのではないか。そうすれば、桜井の落馬事故も起きなかったかもしれない。

調騎会からそうした意見が出てもよさそうだったが、大杉会長の厩舎から陽性馬が出てしまったからか、いつもは威勢のいい「親分」大杉も、暗い表情で無言だった。その陽性馬の鞍上にいた「レジェンド」的山も押し黙ったままだった。

対照的に、馬主会の前島会長は生き生きとしていた。質問をする声には張りがあり、禿げ上がった額の色つやまでよかった。

「その財源はどうするのかね」

「先月の補正予算で確保した対策費が一億円あります。十分お釣りが来ます」

競馬会の小此木事務局長が応じた。

「今回、開催五日間の中止による損失額の見込みは？」

「五十五レースで、重賞もありますので、十億円ほどと思われます」

「それでも今季決算は黒字なのか」

「はい、横ばいで推移していくと仮定すれば、問題ありません」

「ところで、あの『キタカンＴＶ』を立ち上げたのは、そこにいる槙野君だったと思うが、違うかね」

前島が急に話を変えた。名指しされた広報部長の槙野は慌てて答えた。

「はい、私ですが、何か……」

「あの番組の年間予算は四千万円だと聞いたが、どうなんだ」

「はい、おっしゃるとおりです」

「もったいない。その金も対策費に加えなさい。あんな番組、やめてしまったほうがいい。どうせ誰も見ていないんだから」

「いや、それは……」

「いつも出ている、何だったかな、小生意気な女。夏山だか冬山だか、訳のわからないタレント、ああいうのが厩舎地区に自由に出入りしているのも問題じゃないか。宅配業者を出入り禁止にしたなら、マスコミもシャットアウトすべきだろう。連中が犯人じゃないという証拠でもあるのかね」

誰も見ていないと言いながら、自分は見ているようだ。

さすがに「キタカンＴＶ」の打ち切りは却下されたが、マスコミ関係者も当面の間、厩舎エリアに出入り禁止とすることが、この場で決められた。

臨時運営協議会での決定事項は、その夜、プレスリリースとして発表された。

沙耶香は、それを見てぷりぷり怒っていた。

何が気に食わないのかと思っていたら、こう言った。

「明日、議事録が出る前に協議会でどんな話が出たか知りたかったから、的山さんにＩ

Cレコーダーを渡して、全部録音してきてもらったんだ。今、それを聴いたら、馬主会の前島会長、私をコケにして、好きなこと言ってるのよ」

「どうして運営協議会で沙耶香の話が出てきたんだ」

「あの人、『キタカンTV』が気に入らないみたい」

「競馬会の予算でつくられている番組だから、運営協議会の議題になってもおかしくないとは思うけど、この非常時にわざわざ取り上げる必要はないよな」

「取り上げる必要があるとしたら、どうしてかな」

「沙耶香がちょくちょくドーピング問題についてコメントしているからじゃないか」

彼女が初めて生放送でドーピング問題について話したのは、前回の臨時運営協議会の翌日、九月四日のことだった。

今日は十月一日だから、ほぼひと月前だ。今日から五日まで開催が中止になったので、純也はこうして沙耶香の部屋に来ることができている。

「明日のオンエアでも触れなきゃね」

「番組スタッフや、競馬会からストップがかかるんじゃないのか」

「スタッフは大丈夫。プロデューサーの細川《ほそかわ》さんが防波堤になってくれるから。競馬会はことなかれ主義だから、本当は歓迎していないみたいだけど、今のところ、やれともやるなとも言わない」

競馬専門チャンネルのプロデューサーの細川は、以前、沙耶香に振られたという噂のある男だ。純也と親しくはないが、会えば会釈ぐらいはする。

沙耶香が何かの原稿に集中しはじめたので、その夜も早めに引き上げた。

毎朝、調教だけ騎乗して、レースが実施されない日々は、退屈だった。

このところ急に成績がよくなってきた純也としては、質の高い馬の騎乗依頼が増えつつあったときだけに、もったいないオフだった。レースのない競馬場で馬に乗りつづけているうちに、ワンデーツーやワンデーフォーをやったり、華厳賞を勝ったのは夢だったように感じられてきた。

火曜日の夜、自分のアパートで「キタカンTV」を見た。

進行役の女性キャスターが、前と同じようにつっかえながら北関東競馬会からファンへのお詫びの文言を読み上げた。

前週のレース回顧、来週の競馬再開後に出走する予定の有力馬の調教VTRなどを流し、専門紙の記者が解説した。

そして、画面が応接セットに切り替わった。

純也は思わず「えっ!?」と声を出していた。

沙耶香の向かいのソファに、小山内譲《ゆずる》、高池礼子、大杉和雄《かずお》、桜井春哉という、今回、陽性馬を出した調教師が腰掛けている。

「今夜は、一連の禁止薬物検出事件で陽性馬を出した厩舎の調教師の方々においでいただきました」

沙耶香はそう言って、四人の調教師をひとりずつ紹介した。

小山内、礼子、大杉、桜井の四人は、陽性馬を出した順に、ひと言ずつ、ファンに対する謝罪の言葉を述べた。自分たちの管理責任に問題があったがゆえに競馬法違反の疑義で警察の捜査が入ることになり、申し訳ない——といった、みな同じような内容だったが、それでも当人の口から言葉が出ると、見ている純也の胸に響いた。それはおそらく一般の視聴者も同じだろう。関係者の純也は、四人の無念と怒りを共有できるだけに、余計に熱いものを感じた。

沙耶香がアナボリックステロイドの性質と、筋肉増強のために使用する場合の方法などを端的に述べた。そして、スタノゾロールが海外で検出された例を挙げながら、カフェインなどの興奮剤との違いについても説明した。

さらに、レース後、上位入線馬はすぐに検体を採取されて検査されるので、もし薬物を使っていたら必ず検出されることを加えてから、こう締めくくった。

「この番組をご覧いただいている方にはおわかりいただけると思いますが、ホースマンにとって、レースでのパフォーマンスを高めるためにアナボリックステロイドを使用することに、何の意味もありません。つまり、ここにいる四人の調教師のみなさんは、誰

よりも確実に容疑者ではない方々なのです。誤解を受けることを恐れず、こうしてみなさんに謝罪した胸の内を察していただけると、私も嬉しく思います」

話し終えてカメラを見つめた沙耶香の目から、すっと涙が流れ落ちた。

沙耶香には、大好きな北関東競馬と、そこで働くホースマンの苦しみを我がこととして受け止める純真な心がある。

と同時に、効果を計算して涙を流すことのできるしたたかさも持っている。

そのどちらが出たのかはわからないが、純也もつい、もらい泣きしていた。

十一

やはり、沙耶香の涙は、効果を計算したうえで流したものだったようだ。

翌日の午後、彼女からLINEでメッセージが来た。

〈「ジュンとサヤカの事件簿」の第一弾、送ったよー〉

ひらいてみると、かなりのボリュームのワードファイルが出てきた。

文書名は「ステロイド連続検出事件容疑者リスト」。

容疑者の名前とプロフィール、怪しいポイントなどが記されている。やはりと思う者もいれば、まさかと思う人間の名もあった。

＊

一　権田茂信（三十二）　厩務員
最初の禁止薬物検出馬ミスシャーベットの元担当厩務員。昨年、遅刻魔のため小山内厩舎を解雇され、今年の夏、藤井厩舎で働きはじめた。藤井厩舎は二頭目の検出馬ユアトラベラーの高池厩舎の隣にある。かつて「アメリカでスタノゾロールの治験を手伝っていた」と周囲に自慢していたとのこと。上腕と背中にタトゥー。関係した女性の名前をローマ字にして彫っている。勤務態度は悪い。あまりに怪しすぎて、逆に「この男は犯人ではないのでは」という声も。

二　鮒村益男《ふなむらますお》（五十九）　常総競馬場　場長
　昨年、北関東競馬会業務部長から現職に。実質的な左遷。今年度一杯で定年。業務部長時代、北関東・常総両競馬場のダートとして粗悪な砂を入れて私腹を肥やしたと噂されている。そこから周囲の目を逸《そ》らすため薬物事件を起こしたのではとの声も。後述する槙野広報部長と犬猿の仲。八月の創立七十年式典で受付など雑用をやらされたことを根に持っている可能性も。陽性馬がもっぱら常総競馬場の厩舎から出ているので名前が浮上したと思われる。

三　安川優一《やすかわゆういち》（四十五）　常総競馬場　職員
　馬術の元選手。競馬場内で乗馬少年団を指導したり、出張馬房で寝藁を管理するなどしている。馬を扱えるし、馬術経験からさまざまな薬物を使っても不思議ではない。かつて、水道料金を過剰請求し、懐に入れたと疑いをかけられた。そうした横領から目を逸らすためにやったのではとの噂。鮒村場長との共犯説も。その場合は実行犯か。

四　槙野孝太郎《こうたろう》（五十六）　北関東競馬会 広報部長

派手好きで、慶応大学経済学部出身であることと、北関東競馬専門番組「キタカンTV」を立ち上げたことが自慢。「キタカンTV」で扱う話題づくりのため、また、犬猿の仲と言われる鮒村場長を陥れるため、薬物を投与したのではないかとの噂。

五　前島巌《いわお》（五十八）　北関東馬主会 会長

運送会社経営。父はかつて与党の代議士で、「天皇」と呼ばれた元事務局長・佐竹氏（後述）の盟友。創立七十年式典などで、誰も「北関東競馬の業績回復は馬主会の力」と言わないことを不満に思っている。臨時運営協議会で「キタカンTV」に年間四千万円を使っていることを問題視。北関東競馬会管理者でもある現職の山崎知事（野党）を敵視。知事の失策をつくるために事件を起こしたのでは、とも言われている。前出の権田厩務員を金で動かしているとの噂も。

六　佐竹秀光《ひでみつ》（七十四）　元事務局長

競馬会プロパーとして初めて事務局長となり、北関東競馬場の新スタンド「ブリリアントパーク」建設や馬券の販売委託などの力業を次々とやってのけ「天皇」と呼ばれた。

佐竹氏の父も与党の政治家で、前島会長の父の後見的立場にいた。佐竹氏は、自身が設立した競馬会の関連団体「北関東映像」に場外発売施設の設置や映像伝達、「北関東ウエルネス」に施設の維持管理をアウトソーシングする形を確立し、借入金の付け替え先と、職員の再就職先とした。今もそこから役員報酬を受け取っており、一連の悪事から目を逸らすため事件を起こしたとの噂も。

七　徳原義雄《とくはらよしお》（五十二）　県議会議員
ギャンブルを蔑視。県による北関東競馬への融資に猛反対していた。競馬廃止論者。街頭演説をした直後に薬物検出というタイミングがつづき、怪しいとの声。

八　小山内譲（六十）　調教師
管理馬ミスシャーベットから薬物検出。年度内の出走自粛を表明するよう、競馬会と馬主会から圧力をかけられている。業務妨害で警察に被害届を出す意向。代々つづく厩舎なので、厩舎前に大量の古い寝藁をストック。その寝藁が怪しいと噂。

九　栗本和明《くりもとかずあき》（七十三）　元騎手・調教師
小山内調教師の叔父《おじ》（血のつながりはない）。八年前、実質的には解雇の形で調教師を引退。常総競馬場に厩舎を構えていたが、十年以上前、折り合いの悪い他厩舎の飼料にカフェインを盛り、廃業に追い込んだと噂されている。当時の場長を殴って逮捕されたことも。直情的。北関東競馬に恨みを持つ。競馬会が疑いをかけている。

十　一色純也（三十三）　騎手

同期の桜井雅春騎手を陥れるためにやったのではと噂。急に成績がよくなったのも怪しい。薬物が検出されない方法を確立したのではと言われている。また、恋人の夏山沙耶香が売名のため事件を画策し、一色は実行犯として使われているのではとの声も。

＊

自分のところでは、さすがに笑ってしまった。

事件に無関係な自分の名があるということは、同様に、信憑性《しんぴょうせい》の低い証言によってリストアップされた人間もいる、ということか。

沙耶香からＬＩＮＥが来た。

〈見た？　一番から十番まで、ほぼ怪しい順〉

すぐに返信した。

〈なるほど。最後にしてくれてありがとう〉

〈これは私が思う容疑者リストじゃなく、関係者の間で容疑者と囁《ささや》かれている人のリストだからね、念のため〉

〈わかってるよ。それにしても、自分の悪事をカムフラージュすることが動機っていうパターンが多いな〉

〈うん、悪い人がたくさんいるからw　最初は「疑心暗鬼の北関東競馬」という感じのノンフィクションとして発表しようと思っていたんだけど、こんなんじゃ当該人物を仮名にしても、名誉棄損で訴えられちゃうね〉

〈当人や競馬会に送りつけるのはどうかな。それじゃあ脅迫か〉

〈でも、こうして二人で情報を共有しておけば、動きやすいでしょ〉

〈そうだな。来週の婚活パーティーは予定どおりやるの？〉

〈うん、やるって。不謹慎だという意見もあるけど、若い世代に家庭を持って定住してもらうというのは地元自治体にとって大切なことなの。だから、公益に適《かな》っているとして、実施の方向で変化なし〉

〈確かに、公営ギャンブルの一番の存在意義は社会貢献だものな。そのへんの屁理屈《へりくつ》はさすが競馬会だ〉

純也は、もう一度容疑者リストを読み返した。

やはり、厩務員の権田が怪しい。

一頭目の陽性馬の元担当者で、二頭目の陽性馬の隣の厩舎にいるのだから。しかし、三頭目と四頭目は違う人間が犯人だという可能性もある。サークル内でこれだけ怪しまれているのだから、さすがの権田も、妙な動きはしづらくなっているはずだ。

常総競馬場場長の鮒村や、部下の安川、広報部長の槙野らが容疑者と噂されているのは意外だった。三人とも、県や市から出向してきた職員ではなく、競馬が好きで競馬会に入ったプロパー職員だ。特に鮒村と安川は、陽性馬が出るたびに対応に追われ、休日を返上してまで、厩舎の全頭検査でも獣医のアシスタントなどをしている。そんな彼らが、自分たちの不正を隠したり、人を蹴落としたりするために、馬を道具として使うとは思いたくない。

馬主会会長の前島や、元事務局長の佐竹はどうか。あの二人ならやりかねないという気がする。前島は、馬や競馬が好きというより馬主会の会長職が好きなだけだし、佐竹も事務局長時代から「馬本位」より「施設本位」「名声本位」だった。

徳原という県議会議員は、今初めて名前を知った。いくら競馬廃止論者とはいえ、議員という立場とリスクを天秤《てんびん》にかけると、こうしたことをするとは思えない。

一頭目の陽性馬を出した調教師の小山内は、自分の厩舎の馬に薬物を投与することはなくても、ほかの厩舎の馬にならやりかねない……いや、人間に対しては嫌味ばかり言っているが、ああ見えて、馬には優しい男だ。

元調教師の栗本の名前を見て、嫌な記憶が蘇ってきた。純也がデビューしたばかりのころ、栗本と対立していた調教師の複数の管理馬からカフェインが検出された。その調教師は、賞金を返還したほか、長期間の出走停止処分を科され、廃業に追い込まれた。沙耶香は「噂」と記しているが、栗本がカフェインを投与したのは間違いないと純也は思っている。

あのころの栗本ならいかにもやりそうだが、しかし、少し前に聞いた話では、車椅子でしか動けない状態で、特別養護老人ホームに入っているということだった。だとしたら、フットワークの求められる、こうした悪事を働くことはできないだろう。

容疑者になり得るのは、関係者や北関東競馬に個人的な恨みを持つ者か、自身の悪事から目を逸らそうとする者、ということか。

それなら、ある程度特定できるし、上手くやれば自白に追い込めるかもしれない。

しかし、もしこれが愉快犯による仕業だとしたら、容疑者になり得る人間は膨大な数になり、絞り込むことは不可能だ。

いずれにしても、来週の月曜日がひとつの山場になるだろう。

沙耶香が初めて権田と直接コンタクトを取る。

彼女の身に危険が及ぶようなら、何かが起きる前に、純也が動かなければならない。

十二

北関東競馬が再開された十月八日、月曜日。体育の日で祝日でもあったその日、純也は第一レースから最終の第十一レースまで、すべてのレースで騎乗馬を得た。全レースに出場するのは、デビュー以来初めてのことだった。

騎乗した十一頭のうち半数近い五頭が、前走まで桜井が乗っていた馬だった。

——あいつ、こんないい馬に乗っていたのか。

どれも乗りやすく、綺麗なフットワークで走る馬だった。

こういう馬に乗れば誰でも勝てる——という思いが湧いてきたが、打ち消した。昔から「馬七人三」と言われているように、勝敗に占める人馬の力の割合は、馬のほうが圧倒的に大きい。が、誰が乗っても勝てるほど強い馬に乗ることができるのは、一部の選ばれた騎手だけなのだ。騎手の世界では「あの馬に乗ればおれだって勝てる」という言い方は意味をなさない。いい馬に乗れるのがいい騎手なのだから。

一頭目の返し馬に出て、気がついた。これだけ乗りやすいのは、桜井がバランスのいい走り方を教えながら乗っているからだろう。

――おれが乗ったことで変な癖をつけるわけにはいかない。

綺麗な走り方をするまま桜井に返すつもりでそれら五頭に乗ったら、三勝した。

自分でも明らかにおかしいと思う。

やけに馬が動くと感じるようになったのは九月の初めだった。あれからもう、ひと月ほどになる。

だが、なぜ動くのか、理由がわからないから、この状態を積極的に保持する方法もわからない。したがって、特に何かをしているわけではない。それでも純也の「ジョッキーズ・ハイ」はつづいている。

最初の一、二週間でいい結果が出たものだから、急にいい馬の騎乗を依頼されるようになった。これまでの十五年以上の苦労は何だったのかと思うほど、このひと月で、何もかも変わってしまった。

しかし、簡単に手に入るものは、簡単に失ってしまうものだ。

ちょっとのことでここまで好転したのだから、同様に、ちょっとのことで暗転し、きっとまたすぐ元に戻ってしまうのだろう。

そんなことばかり考えていたので、レース中にスタンドで婚活パーティーが行われていることを思い出すことはほとんどなかった。

最終レースが終わり、馬具を片づけていると、沙耶香が検量室前に現れた。

沙耶香は無言で検量室脇の通路に目をやり、歩き出した。なかに入ってしまえば、スタンドの一般エリアから見えなくなる。

何かよからぬことがあったのだろう。荷物を整理してから通路に入ると、沙耶香は、飲料の自動販売機の横の長椅子に腰掛け、スポーツドリンクをラッパ飲みしていた。

「しゃべりっぱなしだったから、喉渇いちゃって」

参加者のひとりというスタンスだったとはいえ、司会者なので、パーティー会場では飲み物を口にしづらかったのだろう。

「どうだった、パーティーは」

「収穫、ありすぎ」

「権田に関して、ということか」

沙耶香は声を落とした。

「うん、あの人、何人もの女の子に連絡先を訊いては競馬会の人に制止されて、逆ギレして大変だったの。連絡先は、競馬会に問い合わせて、本人が教えてもいいと言った場合のみ伝えることになっていたのに」

「何だよ、収穫って、そういう話？」

「違う、最後まで聞いて。あの人、どの女の子にもアメリカでステロイドの治験を手伝ったことを自慢しているの。三カ月つづけたら馬がムキムキになったとか、特に短距離での走力が向上したとか、バカじゃないかと思った」

「沙耶香にもその話をしたのか」

「いや、しなかった。彼、バカっぽく振る舞っているだけかもしれない。ほら、今日、ジュンちゃん、たくさん勝ったでしょう。それを見て、『彼の馬からも、そのうち出るよ』って私に言ったの」

「出るって、薬物の陽性反応が？」

「何が出るかは言わなかった。今、私が言ったとおり『そのうち出るよ』とだけ。私がICレコーダーを隠し持っていたことに気づいていたのかな」

「録音されても証拠にならないように考えたのか」

「うん、ジュンちゃんの名前も言わなかったしね。『彼』と言っただけで」

「そこまで用心しているのに、予告せずにはいられないのは、愉快犯だからかな」

「私のマンションも知っているみたいで、わざわざそれを匂わせるの。住んでいるところ、近いんですよって」

純也のなかで、カチッとスイッチが入った。

「やっぱり、一度、おれが直接話しておいたほうがいいな。『そのうち出るよ』と沙耶香に言えば、おれに伝わることはわかっているはずだから」

沙耶香はしばらく考えてから言った。

「ジュンちゃんに興味を持っていることは確かみたい。今日も、女の子にジュンちゃんの馬券を薦めて儲《もう》けさせて、すごく喜ばれていたし」

「それは光栄だな」

「口に出すと終わっちゃいそうで言えなかったんだけど、この何週間か、ジュンちゃん、すごいじゃない」

「ああ、自分でもそう思うよ。口に出すと終わりそうっていう感覚も一緒。でも、今言っちゃったから、今日で終わりかな、ハハハ」

「やってることは前と同じなのに、結果だけ違うって、変な感じだよね」

「それと収入もな。今月は沙耶香と同じぐらい稼いだんじゃないかな」

「好調の要因、どう自己分析しているの」

「それは取材？」

「記事にするかもしれない。だって、このままだと、夏季開催のリーディングはジュンちゃんだよ」

「そっか、考えたことなかった。確かに、このひと月で、去年までの二、三年ぶん、勝っちゃったもんな」

「プレッシャーは？」

「ないない。どうせウルトラマンだから。強いのは三分間だけ。まあ、もうちょっと長いかもしれないけど、おれは何も変わってないんだから」

明日も騎乗馬が多く、八レースに出場する。ほとんどが有力馬だ。ということは、それらでミスをして結果を出せなかったら、期待とのギャップが大きいぶん、マイナスのインパクトが強くなる。それを四、五回繰り返したら、また「詫びの名手」の「Dの人」に逆戻りだ。

沙耶香がドリンクのボトルを空にし、立ち上がった。

「これから会見に行ってくる。きょうは北関東じゃなく、ここでやるんだって。わかり切ったことしか発表しないだろうけど、どれだけ一般メディアが取材に来るかで受け取られ方がわかるし、記者同士の情報交換にもなるからね」

とエレベーターで上階に向かった。

今でも自分の感覚としては「Dの人」のままだ。たまたまいい結果がつづいているだけで、いつ見ても輝いている沙耶香とは、相変わらず不釣り合いだ。朝起きれば、「攻め馬大将」であることにも変わりない。

純也は調整ルームへと歩き出した。

翌日、十月九日の朝も、いつもどおり攻め馬をこなし、受け取った調教券が八枚になった。つまり、八頭の調教に騎乗したわけで、馬によって時間は異なるが、単純に一頭三十分とすると二百四十分、つまり四時間、馬の上にいたことになる。

午前三時ごろから始まった調教も、折り返しに入った。

午前八時を回り、昼間と変わらないほど強い陽射しが注いでいる。馬に乗る時間のほか、厩舎間の移動時間や待ち時間があるので、このくらい時間が経ってしまうのだ。

それでも、まだ、あの男——厩務員の権田は、藤井厩舎に来ていなかった。九頭目は藤井厩舎の隣にある高池礼子の厩舎の馬だったので、少し話す時間を取れそうだと思っていただけに、拍子抜けした。

あと二、三時間で、ほとんどの厩舎が調教を終え、暗いうちに出てきた騎手や厩務員は仮眠を取り、午後の厩舎作業やレースに備える。

——空振りか。しょうがない、明日にするか。

と礼子の厩舎に入りかけたとき、もっさりとした影が視界の端を横切った。

権田だった。

寝癖で茶髪の後ろを立たせ、あくびをしながら、誰に挨拶するでもなく、バケツに水を入れている。

ここまでひどいやつは珍しいが、似た感じの怠け者はほかにもいる。

連中を見ていると、いつも不思議に思う。何をするにもあれだけ面倒臭そうなのに、それでもとりあえず仕事をしようとする。そんなに嫌なら働かなければいいのに、遅刻や無断欠勤を繰り返しながらも、職場に来るには来る。

ということは、あんな連中でも、仕事もせず引きこもって家族や小さな子供に暴力を振るう人間や、年輩の人から金を騙《だま》し取ろうとする詐欺グループの人間などよりは、ずいぶんマシだと見るべきなのか。

純也の視線を感じたのか、権田が振り向いた。

バケツを足元に放り、ニヤニヤしながらこちらに歩いてくる。

脅しのつもりか、胸の前で右の拳を左の手のひらに押しつけ、力をこめている。ぐっと押し込むたびに上腕の血管が浮き出て、タトゥーが覗く。Tシャツの上からでも、上腕二頭筋と大胸筋がレスラーのように発達していることがわかる。

――こいつは、自分でもステロイドを常用しているのか。

純也も歩き出し、藤井厩舎の前庭に入った。

互いの距離が三メートルほどになったところで立ち止まった。

権田のほうが頭ひとつ背が高い。

殴り合いをして勝てる相手ではない。この男は相当ケンカ慣れしている。表情や足のひらき方から、瞬時に間合いを詰められる「気」が伝わってくる。

しかし、純也は丸腰ではない。

右手には鞭を持っている。半ば無意識のうちにそれを手のなかで回し、自分の長靴を二度、軽く叩いた。

純也から切り出した。

「おれの馬からも出るというのは、どういう意味だ」

「知らねえよ」

低く、嗄《しわが》れた声で権田が答えた。

「自分をクビにした小山内のテキを恨んでいるのか」

「さあな。お前には関係ねえだろう」

「この厩舎からはどうして陽性馬が出たんだろうな」

純也が背後の高池厩舎を指さすと、権田は薄ら笑いを浮かべた。

「だから知らねえって言ってるだろう」

「愉快犯か。そんなことでしか自己主張できないなんて、寂しいやつだな」

「何だって？」

「犯人のことさ。チンケな臆病者だよ、社会の隅っこでチマチマと」

純也が言うと、権田のこめかみがぴくりと動いた。

すぐ脇の馬道を人馬が歩いている。狭い世界だ。今日中、いや、今日の午前中のうちには純也と権田が険悪な雰囲気で向き合っていたことが知れわたるだろう。

「チンケな乗り役が犯人だって噂もあるぜ」

と権田が純也を睨みつけた。乗り役とは騎手のことだ。

「迷惑な話だ。言っておくが、おれはチンカス野郎の罪をかぶるつもりはないぞ」

最初は、自分が権田の存在を知っていることをわからせるため、つまり、警告の意味合いで接触するつもりだった。

しかし、この男と向き合っているうちに胸の奥にどろりとしたものが流れ、捌《は》け口《ぐち》を求め出した。

そのときだった。

「一色君」

後ろから女の声がした。

高池礼子が立っていた。礼子がつづけた。

「時間だよ。攻め馬しに来たんでしょう」

「はい……」

純也が答えると、権田は足元に唾を吐いて戻って行った。

礼子が純也の袖を引っ張った。

「何やってるの。ああいう話はもうちょっと小さい声でしなさい」

「聞こえてたんですか」

「ええ、全部」

「礼子さんも、あの厩務員のことは知っているんですね」

「うん。で、その件に関して話したいことがあるの。攻め馬が終わったら、厩舎事務所に来てくれる?」

礼子は硬い表情で言った。

その後、ほかの厩舎の馬にも稽古をつけてから高池厩舎に向かった。午前十時になろうとしていた。第一レースが始まる時刻も最終レースが終わる時刻も遅らせる夏場の「はくぼ開催」は九月一杯で終わっていたが、今日はここ常総競馬場での開催なので移動の時間はなく、急ぐ必要はない。

「はい、今日の調教券」

礼子が、さっき稽古をつけた馬の調教券をくれた。これで今日は十二枚になった。一日十頭を上限にしようと思ったこともあったが、攻め馬の頭数を減らすと体重が増えそうな気がして、以前と同じように乗っている。

「ありがとうございます。あの馬、だいぶ前進気勢が強くなってきたから、次走はもうちょっと短いところのほうがいいと思います」

「そうか、考えてみる。一色君、変わったね。前はそんなこと言わなかったのに。余裕が出てきたのかな」

「いや、言ってたはずですよ。周りが聞いてくれなかっただけでしょう」

それは本当だった。変わったのは純也ではなく、純也の周囲だった。

「そういう冗談も言えるようになったし。乗れるようになると、騎手って、自分の気づかないところで変わるんだよ」

そう言ってから、礼子はテーブルのコーヒーカップに目を落とし、つづけた。

「うちのユアトラベラーが陽性になったでしょう。あれ、こっちに責任があるかもしれないの」

「どういうことですか」

「神戸《かんべ》君、知ってるでしょう」

「はい、この厩舎の若い厩務員ですよね」

ちょっとぼーっとした感じの男だが、馬を可愛がる姿が印象に残っている。

「彼が昨日、泣きながら言ってたの。彼、権田厩務員からもらったヘイキューブを、ユアトラベラーに食べさせたことがあるんだって」

「え、嘘でしょう」

ヘイキューブというのは乾燥させた牧草を角形に押し固めたもので、片手でいくつも持てる小さなものだ。タンパク質やカルシウムなどが豊富に含まれ、栄養価が高く、保存が利く。馬だけでなく、牛や羊、ウサギなどの飼料としても用いられている。

「これを食わせたら馬が喜ぶぞって言われたらしい」

スタノゾロールを砕いて粉末状にし、水に溶かしてヘイキューブにしみ込ませれば、簡単に馬に摂取させることができる。

「いつもらったか、わかります？」

「レースの前の日、二つもらったって言ってた」

「礼子さんの厩舎でヘイキューブは？」

「使ったことがない」

しかし、そのヘイキューブにスタノゾロールがしみ込んでいたという証拠もなければ、神戸が権田からそれを受け取ったことを証明するすべもない。

「監視カメラがあればなあ」

「さっき業者の人が来て、どこに設置するか確認していった」

「来週の月曜日に設置されるんですよね。今さらという気もするけど、これでもう陽性馬は出なくなるかな」

「だといいけど。ねえ、ヘイキューブの件、競馬会に報告すべきかな」

「いや、その必要はないと思います。だって、本当にそのヘイキューブが原因だったのかわからないわけでしょう。何ひとつ物証がない段階でそれを伝えると、厩舎サイドをさらに不利な立場に追い込むだけですよ」

競馬会は、相変わらず、主催者サイドの対策不足だったとは認めず、厩舎サイド、つまり、調教師に責任を押しつけようとしている。

「今日の最終のレース、神戸君の担当馬も使っているから、レースのあと、話を聞いてあげてくれる？　このままだと、どこかから飛び下りるんじゃないかと思うくらい落ち込んでいるから」

「わかりました」

そう答えたが、気になることがあった。

神戸がユアトラベラーにヘイキューブを食わせたのは八月の下旬だから、もうひと月半近く経つ。

今になって礼子にそれを打ち明けたのはどうしてなのか。

権田とつながっている可能性も頭に入れておいたほうがいいかもしれない。

その日、純也は二勝した。

しかし、勝てるレースをいくつか落とした。どれも、勝負どころで手応えの悪い馬に乗ったほかの騎手が進路をあけてくれなかったからだ。騎手というのは、自分が勝とうとするのと同時に、他人を勝たせないようにするものだ。的山や桜井が、馬群の外を回して勝つことが多い理由がよくわかった。

最終レース終了後、神戸と話をするとき、沙耶香も加わった。

検量室脇の通路を入って突き当たりの、自動販売機の横の長椅子に腰掛けた。

「どうしてそれを今まで黙っていたの」

話を聞いた沙耶香が、純也より先に神戸に言った。

「すみません。権田さんが怪しいという噂を聞くようになってから、あのヘイキューブのせいかもって思ったんですけど、言い出すのが怖かったんです」

「権田とは親しいのか」

純也が訊くと、神戸は首を横に振った。

「いえ、普段は挨拶をするぐらいです」

「どうして急に高池先生に伝える気になったの？」

沙耶香が訊いた。

「ネットで先生が悪く言われるのを見ているとつらかったし、このままだと、ぼくが権田さんの共犯者にされそうな気がしてきたから……」

「でも、そのヘイキューブにスタノゾロールが含まれていたとは限らないだろう」

「そうですけど、権田さん、ヘイキューブを馬に食わせたか何度も訊いてきたし、いつ何を言われるかと思うと恐ろしくなって」

「うん、あの人、怖いものね」

沙耶香は同情するような口調だった。神戸をまったく疑っていないようだ。

純也が言った。

「わかった。こういうことだ。権田が陽性馬第一号のミスシャーベットにスタノゾロールを投与した犯人だった場合は、神戸君がそのヘイキューブでユアトラベラーにスタノゾロールを投与してしまった可能性が出てくる。ただし、それに薬物が含まれていることなんて知らなかったのだから、単なる過失だ。まずかったのは、調教師に断らずに、厩舎の外部の人間からもらったものを馬に与えたことだな。現時点では権田が犯人かどうかも確定できていないわけだから、この件は、おれと沙耶香がひとまず預かる、ということでどうかな」

「はい、一色さんにそう言ってもらえると心強いです。ぼく、権田さんが街でチンピラに頭突きを食らわせるところや、ほかの厩務員に膝蹴りするところを見たことがあるんですけど、一色さんには警戒して手を出さなかったですよね。すごいと思いました」

それを聞いた沙耶香が怪訝《けげん》そうな顔をした。

「ねえ、権田さんと何かあったの」

「ちょっと話を聞いただけだよ。権田はそらとぼけていたけどな」

「ふうん。ならいいけど」

沙耶香は、純也が権田の脅威から沙耶香をガードしようとしていることをわかっているようだった。

西の空がうっすらと色づいている。

窓から涼しい風が入り込んできた。

十三

十月十五日、月曜日、北関東競馬場と常総競馬場の厩舎エリアに監視カメラが設置された。カメラは通用門や馬道、各厩舎の馬房や事務所の出入口などに向けられた。これで、厩舎エリアに出入りするすべての人や車をチェックできるし、各厩舎の人馬の出入りも二十四時間監視されることになる。

しかし、それを嘲笑《あざわら》うかのように、また禁止薬物の陽性馬が出てしまった。

権田の「予告」どおりになった。

監視カメラを設置してから三日後の十月十八日、木曜日。常総競馬場で行われたレースで、純也が騎乗し一着となったココロパンチからスタノゾロールが検出されたのだ。陽性反応が出たと競走馬医化学研究所から北関東競馬会に連絡があったのは、レースの翌週、十月二十四日、水曜日のことだった。

どの馬に乗るときも真剣だが、この馬には特に思い入れが強かった。二カ月ほど前の八月十三日、ココロパンチは純也の騎乗ミスで三着に負けてしまった。そのとき二位に入線した桜井のミスシャーベットからスタノゾロールが検出され、それが一連の薬物検出事件の幕開けとなった。ココロパンチは、次走も純也の手綱で二着と健闘し、前走でようやくコンビ初勝利を挙げた。そして今日、ここを好位から差し切って連勝し、次はいよいよ重賞に挑戦という矢先のハプニングだった。ココロパンチは失格となり、重賞に出るには、また仕切り直して勝ち鞍《くら》を挙げなくてはならなくなった。今が一番いい時期だけに、このタイミングでの失格処分は痛かった。馬がピークの三、四カ月を棒に振るのは、人間に置き換えると一年以上のロスに相当する。

それにしても――。

ココロパンチが三着に敗れたあのレースから今日まで、わずか二カ月ほどの間に五頭もの陽性馬が出てしまった。

それも、監視カメラを設置した直後のタイミングだけに、どのようにして薬物が投与されたのか、不思議だった。

そのからくりは、当日夜に行われた記者会見で明らかになった。

主催者サイド、つまり北関東競馬会の三人が壇上に立った。県理事の副管理者、事務局長の小此木、そして広報部長の槙野だった。

二週間ほど前に同じ顔ぶれで再発防止策などを発表する会見を行ったばかりだった。

会場には前回を大きく上回る百人ほどの報道陣が詰めかけていた。

広報部長の槙野が進行役をつとめた。何台もテレビカメラが回っており、とりあえず目立つからか、心なしか嬉しそうだった。

「まず、今回の禁止薬物検出事件に関しまして――」

と、公式サイトに掲載されているのと同じ文言の謝罪をし、三人並んで深々と頭を下げた。カメラのフラッシュがおさまったところで三人は着席し、槙野が、ココロパンチからスタノゾロールが検出された経緯を説明した。

「――ココロパンチ号を失格とします。また、来週、十月二十九日より十一月二日まで開催を中止し、北関東競馬場、ならびに常総競馬場の在厩馬全頭の薬物検査を実施します。さらに、両競馬場全厩舎の立入検査を実施するほか、厩舎関係者による自厩舎の管理体制の構築、部外者の立入禁止の徹底、警備員の二十四時間配置、また、監視にあたる競馬会職員の増員など、再発防止策を徹底して参ります。なお、それらの財源としては前回同様、補正予算で確保した対策費を考えております。また、先ほど申しました開催中止による損失を計算しても、二億円ほどの財政調整基金を取り崩すことも可能なため、本会の単年度収支は黒字を維持できる見込みです」

つづいて、事務局長の小此木が話しはじめた。

「今回のココロパンチの件も、これまでの四頭同様、競馬法違反の疑いのある事案ですので所轄の警察署に連絡いたしました。しかしながら、これまでの四頭の管理者である、小山内、高池、大杉、桜井、そして今回の剣持《けんもち》調教師に対する、主催者からの出走停止、また賞典停止などの処分は保留することになりました。と申しますのは、競馬法に照らしますと調教師の管理責任が問われるわけですが、今回の一連の禁止薬物検出事件は、我々北関東競馬をターゲットとした、悪意のある犯罪行為と考えられるからです。現在、威力業務妨害で刑事告訴する準備を弁護士とともに進めております」

会場が静まり返った。

槙野が「何かご質問は――」と言いかけると、数名の記者が同時に手を挙げた。

指名されたベテラン記者が質問した。

「先週の月曜日に監視カメラを設置したのに、どうしてこのタイミングでまた薬物が投与されたのですか。犯人はまだ捕まっていないようですが、カメラには映っていなかったのですか」

みなが何より知りたかったことである。

主催者の三人は顔を見合わせ、事務局長の小此木が頷き、口をひらいた。

「監視カメラは設置されていたのですが、稼働しておりませんでした。配線の都合で、まだ通電していなかったということです」

これには出席者全員が唖然《あぜん》とした。

「それは設置とは言わないだろう」

「今はどうなっているんだ」

「通電って、コンセントにつなげばいいだけのことじゃないのか」

といった声が聞こえてきた。

小此木がつづけた。

「現在もまだ通電しておりません。業者に問い合わせたところ、来週の月曜日、十月二十九日の調教開始時には稼働するとのことです」

前任の事務局長の佐竹は「天皇」と呼ばれるほど強権を振るい、恐れられていた。しかし、この小此木は政治力や経営感覚より調整力が評価され現職に就いた男だ。温厚で、敵は少ないのだが、こうなると愚鈍な印象ばかりが強調される。

「先ほど事務局長は、『北関東競馬をターゲットとした、悪意のある犯罪行為』とおっしゃいましたよね？」

そう言ったのは沙耶香だった。

「はい、申しました」

「ですが、監視カメラが通電していなかったこのタイミングに薬物を投与したということは、事情を知っている内部の人間の犯行と考えるのが自然ではありませんか」

沙耶香の問いかけに、副管理者も小此木も槙野も答えることはできなかった。

集まった記者から次々と質問が飛んだ。

「犯人の目星はついているのですか」

「さっき発表された再発防止策のなかに『警備員の二十四時間配置』というのがありましたが、これまでは二十四時間配置されていなかったのですか」

「これほど重大な事件が起きているのに、最高責任者である管理者の山崎知事が来ていないのはどうしてですか」

「単年度黒字だけが存続の条件だと思い込んでいるようですが、中央競馬もそうであるように、公営ギャンブルの運営は公正確保が大原則のはずです。それが大きく揺らいでいる現状を、どうとらえているのですか」

主催者の三人は答えに窮し、しどろもどろになった。

調整ルームのテレビでニュースを見ていた純也に、的山が話しかけてきた。

「この調子じゃ、北関東競馬の存廃問題が再燃するな」

「はい、明日の朝刊を見るのが怖いです」

「おれたちにできるのは、プロとして、いいレースを見せつづけることだけだ……なんて綺麗事を言っている場合じゃなくなっちまった」

「どうしたらいいんでしょう」

「うーん」

と唸《うな》って天井を見上げる的山の目が赤くなっていた。

十四

翌日の調教中、馬上からも、下を歩いているときも、厩務員の権田を探した。

そういえば、この数日、いや、一週間ほど、あの男を見かけていない。

藤井厩舎の顔なじみの厩務員に訊くと、

「先週からずっと来てないよ。またタトゥーが増えてたから、新しい女でもできたんだろう」

と顔をしかめた。

だとすると、ココロパンチにスタノゾロールを投与したのは別の人間なのか。それとも、姿を隠したまま何らかの方法で薬を盛ったのか。

入れ違いに、ずっと気になっていた男が調教に顔を出した。

落馬で鎖骨と肋骨を骨折し、休養していた桜井雅春だ。

「もう馬に乗れるのか」

純也が訊くと、桜井は苦笑した。

「何とかな。でも、久々に乗ると怖いもんだな。よくもこんな不安定な乗り物で毎日競走していたもんだと、我がことながら驚いたよ」

「いつごろからレースに復帰できそうなんだ？」

「すぐにでも、と言いたいところだが、まだ引っ掛かる馬を抑えるのに十分な腕力が戻っていない」

引っ掛かるとは、騎手の指示に反して馬が前に行こうとすることをいう。桜井はつづけた。

「それに、右肩の可動域が小さくなって本来のステッキワークができないから、実戦に復帰するのは、来週のなかごろ、十一月に入ってからだろうな」

「まあ、でも、よかったよ。お前がいない競馬は、やっぱり退屈だからさ」

「何を言ってやがる。おれのお手馬《てうま》をほとんど持って行きやがって。最低でも半分は返してもらうからな」

桜井は屈託なく笑った。

面白いもので、馬同士が、嚙《か》みつき合ったり蹴り合ったりして勢力争いをするとき、力関係が明らかになるまでは延々とケンカをつづける。ところが、上下関係がはっきりしたとたん、ぴたっと争いをやめる。

それと同じように、純也の成績が急によくなり出した当初は、桜井との関係がどことなくぎくしゃくしていたが、今は、互いの立ち位置が明らかになったせいか、すっきりした感じがする。

今の純也は、桜井に勝てる気はしないが、負ける気もしない。

キャリアも技量もほぼ同じ好敵手として、普通に受け入れている。実績ではまだ圧倒的な差があるが、それは仕方がない。

自分の騎乗馬であるココロパンチが陽性反応を示したと聞き、あらためて、ドーピング事件の犯人に対する怒りを感じたと同時に、人馬一体となって積み上げてきたものが、何者かの悪意によってあっさりと崩されてしまうやるせなさを感じた。

たとえ犯人が捕まったとしても、ココロパンチが失ったチャンスは、どうやっても埋め合わせられるものではない。今のココロパンチと、三カ月後、半年後のココロパンチは違うからだ。

事件の当事者となって、もうひとつ実感したことがある。

それは、周囲がこれを、純也のキャリアの汚点ととらえていることだ。直接そう口にする関係者はいないが、ネットの書き込みはひどかった。

〈おめでとう！　ついに一色もドーピングジョッキーの仲間入り！〉

〈ドーピング逃れのテクニックも限界に来たんじゃねーの〉

〈自分の犯人説を消し去るための、自作自演だったりして〉

誰が書いているのか知らないが、自分はこれほど他人の恨みを買うようなことをしたのだろうかと思うほど、悪意に満ちた書き込みが多かった。

調教中に話しかけてくる騎手が、たくさん勝ち出す前と同じように多くなった。気のせいだと思いたかったが、「大丈夫か」という声もどこか嬉しそうに感じられた。他人の不幸は蜜の味、ということなのか。

＊

金曜の夜、純也は沙耶香のマンションに来ていた。

沙耶香はずっとこちらに背を向けて原稿を書いている。

純也は、今回の薬物検出馬と容疑者の一覧をスマホに書き出す作業を始めた。前に沙耶香がつくったものをもとに、より簡単にまとめた。自分が当事者となった今、事態を客観視しなくてはならないと思ったからだ。それに、人に説明するときも、こういうのをさっと出せば話が早くなる。

■陽性馬
一　ミスシャーベット（牝五歳、常総・小山内厩舎、桜井騎手、関本氏所有、二位入線）
八月十三日（月）常総で出走／八月十七日（金）検出
二　ユアトラベラー（牡四歳、常総・高池厩舎、遠藤騎手、鉢呂牧場所有、一位入線）

三　八月二十七日（月）北関東で出走／八月三十一日（金）検出
　　ロケットスター（牡五歳、常総・大杉厩舎、的山騎手、葛城氏所有、二位入線）
四　九月二十一日（金）華厳賞（北関東）出走／九月二十八日（金）検出
　　ハイエアー（牡四歳、常総・桜井厩舎、桜井騎手、犬飼氏所有、三位入線）
　　十月十五日（月）監視カメラ設置
五　十月十八日（木）常総で出走／十月二十四日（水）検出
　　ココロパンチ（牡五歳、北関東・剣持厩舎、一色騎手、心石氏所有、一位入線）
　　十月二十九日（月）監視カメラ通電予定

■容疑者
一　権田茂信（三十二）厩務員
二　鮒村益男（五十九）常総競馬場　場長
三　安川優一（四十五）常総競馬場　職員
四　槙野孝太郎（五十六）北関東競馬会　広報部長
五　前島厳（五十八）北関東馬主会　会長
六　佐竹秀光（七十四）元事務局長
七　徳原義雄（五十二）県議会議員

八　小山内譲（六十）　調教師
九　栗本和明（七十三）　元騎手・調教師
十　神戸（二十代）　厩務員

＊

沙耶香が作成したリストとは、容疑者の十人目を変えた。純也でないことは確かなので、少しでも可能性があるならと、礼子の厩舎の神戸を入れた。

しかし、何度眺めても、権田以外は怪しいと思えない。

県議会議員の徳原のように会ったことのない人間もいるし、そのほかの者にしても、人柄やプロフィールに関して、純也の知識が乏しすぎるからか。

沙耶香はまだキーボードをセットしたタブレットと睨めっこをつづけている。

さっきから溜め息ばかりついている。気になるが、原稿に集中しているときに声をかけて怒られたことが何度もあるので、もうしばらく黙っていることにした。

あと三回溜め息をついたら声をかけようと思っていたら、そのときは案外すぐやって来た。

「どうしたんだ、溜め息ばかりついて」

「ん？　あ、うーん」

と上の空だ。

「溜め息をつくと幸せが逃げて行くって、自分で言ってたじゃないか」

「あ、何だって?」

「まったく、どうしたんだよ」

立ち上がって沙耶香のタブレット画面を覗くと、ワードの画面が真っ白だった。

ひと文字も書けていないのだ。

「自分のことを書くって、難しいなあ」

「いつもエッセイを書いてるじゃないか」

「あれは自分が視点人物になっているだけだから、どんな精神状態でもキーボードに指を乗せさえすれば言葉が出てくるの。だけど、こんなふうに、自分が当事者になっちゃうとねえ」

と沙耶香はバッグからクリアファイルを取り出した。

そこには白い封筒と、罫線のない白い紙に活字でプリントされた手紙が挟まっていた。

「読んでいいのか」

「うん、びっくりしないでね」

短い文面だった。紙を持つ純也の手が震えてきた。

「これは、脅迫状じゃないか」

「だよね」

「だよねじゃないよ。いつ送られてきたんだ」

「昨日の夜、帰ってきたらポストに入っていた」

「どうしてすぐおれに言わなかったんだよ」

「だって、心配するから」

「いつ言ったって心配するのは一緒だって。警察には？」

沙耶香は首を横に振った。

「先に警察に相談しちゃうと、『捜査に支障をきたす』とか『犯人を刺激するのはよくない』と言われるでしょう。そうなると、ノンフィクションとして発表することができなくなるじゃない」

「発表する気なのか」

「それが仕事だから」

「いや、仕事の範疇《はんちゆう》を逸脱しているって」

封筒の宛先はこのマンションになっている。部屋番号も合っている。相手は沙耶香がここに住んでいることを知っているわけだ。

消印は北関東中央郵便局で、一昨日、十月二十四日の日付になっている。

差出人のところは空白になっている。

手紙にはこう記されていた。

〈警告。これ以上嗅ぎ回ると、貴女《あなた》の身に危険が及ぶ。犯人探しはやめなさい。この件はほどなく収束する。真実は必ずしも正義ではない〉

この差出人は傍観者のような書き方をしているが、間違いなく脅迫状だ。が、「殺す」だとか「襲う」などの直接的な表現がないだけに、警察としてはどう扱うべきか困るところかもしれない。

ずいぶん狡賢《ずるがしこ》い相手のようだ。

「差出人は誰かな。心当たりは？」

「いや……」

沙耶香が首を横に振った。

「権田とは、ちょっと違うような気がするな」

あの男も沙耶香の住まいを知っているようだし、見かけ以上の知能犯かもしれないが、もっと自己顕示欲の感じられる方法を取るような気がする。

「私もそう思う」

「沙耶香がこれを受け取った昨日と、そして今日、何も反応しなかったことを相手はどうとらえているかな」

「怯えているると思ってるんじゃない。半分当たってるけど」

純也はつい笑ってしまった。

「半分かよ。これだけ執拗《しつよう》に、多くの人間の目を盗んで薬物投与という違法行為を繰り返す相手なんだから、もっと警戒しなきゃダメだ」

「脅しても、命までは取らないでしょう」

わからないぞ、という言葉を呑み込んだ。いたずらに恐怖心をあおるのもどうかと考えたからだ。

「とにかく、用心に越したことはない。警察に行こう」

「これが終わってから。それにひとりで行けるから大丈夫」

沙耶香は再び真っ白なワード画面に向き合った。

「いつ終わるんだよ。沙耶香の身の安全より大事な仕事なんてないんだから」

沙耶香はしばらくキーボードに指を乗せて黙っていたが、大きな溜め息をついて目を伏せ、タブレットの電源を切った。

純也が沙耶香のアウディA3のステアリングを握り、所轄の常総中央警察署に向かった。国道に出たところで、助手席の沙耶香が言った。

「さっきジュンちゃん、私の身の安全より大事な仕事はないって言ったじゃない」

「ああ、当たり前のことだ」

「でも、そうなのかなって思ってるの。伝える仕事、残す仕事って、誰が伝えるか、誰が残すかじゃなく、何を伝えるか、何を残すかでしょう。私が今まさにしていることが、自分自身より大切な仕事のような気がするんだ」

「それはおかしい。二重、三重に間違っている。まず、その考え方はメディアの人間のエゴだ。で、誰が伝えるか、残すかは、それがすべてと言っていいこともあるくらい重要だ。そうじゃなきゃ、売れっ子の君と、売れない連中との間に露出度の差ができるはずがない。歴史を見たってそうだろう。戦争の記録だって、アポロの月面着陸だって、伝えた人の名前もちゃんと残っているじゃないか」

沙耶香は答えず、窓の外を眺めている。

夜九時を過ぎていたので、常総中央警察署のロビーはがらんとしていた。

受付の若い警察官は沙耶香の顔と名前を知っているようだった。

警察官はすぐに刑事課に取り次ぎ、ベンチで座って待つよう言った。

数分で、眉間にしわを寄せた中年の刑事が近づいてきた。開襟シャツがよく似合い、刑事よりもヤクザに見える。

「では、三階へ」

こんばんはも何も言わず、刑事はエレベーターのボタンを押した。

三階の廊下の左側が生活安全課、右側が刑事課になっている。

生活安全課の女性警察官が沙耶香を見てぱっと表情を明るくし、軽く会釈してから純也に気づき、「しまった」という顔をした。

沙耶香が苦笑した。

「去年、ストーカー被害に遭って、生活安全課に相談したの。先方に警告してもらって、もう解決したけど」

純也と一緒に警察に来たがらなかった理由がわかった。

沙耶香は何でもひとりで背負《しょ》いこもうとする。

取調室の奥に二人並んで座り、刑事と向かい合った。

「大須賀《おおすが》と言います」

と刑事は二人に名刺をくれた。

沙耶香のことは大須賀も知っていたようだが、純也が自己紹介すると、軽く身構えたのがわかった。

このところ、北関東競馬の関係者は警察からしばしば聴取を受けている。

沙耶香が事情を説明し、クリアファイルを差し出すと、大須賀はポケットから出した白い手袋をして脅迫状を読みはじめた。

大須賀の顔が赤くなっていく。気持ちが表に出やすいタイプなのだろう。

「ちょっと待っていてください」

大部屋に戻った大須賀の声がところどころ聞こえてくる。

「本部」「脅迫」「捜査二課」と言っているのがわかった。

戻ってきた大須賀は、先刻の純也と同じことを沙耶香に言った。

「どうしてすぐ警察に来てくれなかったんですか」

「すみません」

記事にしようとしている、とは言わなかった。

「場所を移しましょう。県警本部の人間も来ますので」

「ということは、それだけ大きな事案だと？」

純也が言うと、大須賀は頷いた。

「そう判断しました」

奥の会議室のような部屋に通され、しばらくすると、ドアを開け閉めする音がした。

男が二人入ってきた。

二人ともスーツ姿で、大須賀と違い、刑事にもヤクザにも見えなかった。何より、どちらも若かった。

「県警捜査二課の野々宮《ののみや》です」

純也と同世代の刑事が警察手帳をひらいて見せた。

「同じく小岩井《こいわい》です」

と頭を下げたほうは、まだ二十代だろう。

「名刺はいただけないんですか」

沙耶香が言うと、

「たいしたことは書いてありませんが、ご所望ならば」

最初に自己紹介した野々宮が言い、沙耶香と純也に名刺をくれた。

小岩井も名刺を差し出した。

沙耶香は記事にするつもりのようだ。刑事の下の名前を確認するために名刺を要求したのだろう。

名刺に記された野々宮の肩書を見て驚いた。

県警捜査二課の知能犯捜査係長となっている。

競馬会もそうだが、警察などの役所は、主任が民間企業の係長、係長が課長、部長が取締役に相当する。

この年齢で係長ということは、噂に聞くキャリア刑事というやつか。若いほうの小岩井の名刺には肩書は記されていなかった。

「金曜日の夜なのにお仕事を長引かせてしまい、申し訳ありません」

沙耶香が言うと、野々宮が脅迫状をデジカメで撮影しながら答えた。

「いえ、もともと金曜の夜が一番忙しいんです」

ひととおり撮影を終えると、封筒のなかを調べて、便箋を照明に透かし、鞄《かばん》からルーペを取り出した。そのルーペで小さな汚れなどを確認してから、携帯電話で話しはじめた。本部の鑑識に証拠品を持って行かせるので調べるようにと指示を出している。そして、ファイルを所轄の大須賀に差し出し、

「これを県警本部の鑑識課へ」

と言い、鞄からタブレットを取り出した。

デジカメから取り出したＳＤカードをそのタブレットに差し込み、しばらく写真を眺めてから、

「なるほど」

と頷き、若い小岩井に目で合図をした。

「では、まず、調書作成のため、いろいろ質問させていただきます」

小岩井が切り出した。

大須賀と一緒に、若い女性警察官がバインダーを手に入ってきた。そして、小岩井から二人ぶんあけた隣に座り、調書の書き取りを始めた。

沙耶香と純也の住所、氏名、職業、今回の経緯などを訊かれ、答えているうちに三十分以上経っていた。

小岩井は、大須賀と同じように、純也が騎手だと聞いて驚いていた。

しかし、ここにいる警察官のなかで序列が最上位の野々宮は純也のことを知っていた。

それどころか、

「ココロパンチ、いい馬ですよね」

と、今週の水曜日に陽性であることが判明した純也のお手馬ココロパンチの名を挙げ、微笑《ほほえ》んだのだから、純也のほうが驚いた。

「刑事さんも競馬をやるんですか」

「ええ。最近はもっぱらネット投票ですが」

そう答える野々宮の笑顔は、まだ二十代ではないかと思えるほど若々しかった。

「基本的なことを訊いてもいいですか」

純也は言った。

「どうぞ」

「ドラマなんかでは、捜査一課は、殺人とか、強盗とかを扱う部署としてよく出てくるからわかるんですけど、捜査二課って、どんな事件を扱う部署なんですか」

「詐欺や贈収賄、横領、脱税、選挙違反などです」

野々宮が答えた。

「ということは、今回はそういう事件かもしれないと見ているんですね」

「そう考えていただいて結構です」

お答えできません、と言われると思っていたが、野々宮はあっさり認めた。

小岩井が沙耶香に訊いた。

「この手紙を出した人間に心当たりは？」

「ありません。いや、特定できません」

「どういう意味ですか」

「出してもおかしくないと思う人、出す動機のある人ならたくさんいます」

と沙耶香は純也を見た。

純也が頷くと、沙耶香はバッグからタブレットを取り出し、以前作成した禁止薬物事件の容疑者リストを表示させ、刑事たちに差し出した。

それを凝視する野々宮と小岩井は、何度か目を合わせて頷き合った。大須賀は完全に蚊帳の外だ。若いサラリーマンがベテランのヤクザを邪険に扱っているように見えて変な感じがしたが、警察本部と所轄の間では、こういうやり方が当たり前なのか。

「夏山さん、このデータをいただいてもいいですか」

野々宮が言った。

「どうぞ。ＳＤカードを抜いてコピーしてください」

「いえ、信用していないわけではないのですが、万が一警察のパソコンがウイルスなどに感染したら困りますので、こちらのＳＤカードを使わせてもらいます。先ほど、ウイルスチェックをしてから持ってきましたので、ご安心を」

沙耶香が頷いた。

「そのリストは取材によるもので、物証は一切ないのですが、構いませんか」

「もちろんです。各自のプロフィールにも動機につながる部分のヒントがたくさんあって、参考になります」

「そこに記されている容疑が事実だという人がいたら、その人が、私に脅迫状を出した可能性が高いと思います」

純也の脳裏に、ひとりの男の顔が浮かんできた。

「リストの最初にある権田という厩務員、警察で事情聴取したことがあるんですよね」

答えようとした大須賀が野々宮に目をやった。

野々宮が頷いたのを確認し、大須賀が紙箱から書類を取り出した。

「任意で二度、話を聞きました。自分も同席しました。九月三日と、十月一日です。一度目は二頭目の陽性馬が出たあと。二度目は、三、四頭目の陽性馬が出たあとです」

「家宅捜索は？」

「していません。競馬法違反では令状が取れないので」

「じゃあ、権田にすっとぼけられてお終《しま》い、ですか」

「はい」

と大須賀が顔をしかめた。

その表情から、権田をクロと睨んでいることがわかった。

純也は言った。

「例えば、今、鑑識で調べてもらっている脅迫状から権田の指紋が出たりしたら、家宅捜索はできますか」

「可能です」

答えたのは野々宮だった。

「このところ権田は競馬場に来ていないんですけど、警察では何かわかりませんか」

かすかに野々宮の表情が動いた。

「彼は従前どおり毎朝自宅を出ているはずですが」

横目で大須賀を見ると、大須賀が書類を確かめた。

「最後に確認したのは一昨日、水曜日です」

日付で言うと十月二十四日。ココロパンチの陽性反応が明らかになり、競馬会が記者会見をひらいた日だ。

警察は権田のマークをつづけているようだ。

「じゃあ、出かけてはいたけど、行き先は競馬場ではなかった、ということか」

純也が言った。

「そのようですね」

頷きながら野々宮が笑い、つづけた。

「この脅迫事件に関して言うと、夏山さんは被害者で、一色さんは被害者と利害を同一にする立場にいるわけです。しかし、薬物検出事件に関しては、あなた方も被疑者ではない、と言い切ることはできない。マスコミ用語では『容疑者』ということになりますが。それなのに、こんな話をしてしまっていいものかと、今考えているところです」

調書を書き取っていた女性警察官も顔を上げてこちらを見ている。

「いいんじゃないですか」

と言ったのは純也だった。純也はつづけた。

「リストの十番目に名前があるぼくが言うのも何ですが、このままうやむやにせず、犯人を挙げるつもりなら、ぼくらの協力は絶対に必要です。競馬サークルというのは特殊な世界ですから。ただ、そのためには、ぼくらはやっていないということを、信じてもらうしかないですけど」

沙耶香が思い出したように言った。

「北関東競馬会から被害届は提出されたんですか」

「いや、今のところ届出はないですね」

野々宮が答えた。

「そうなんですか。会見では、威力業務妨害で刑事告訴する準備を弁護士と進めているって言ってたのに」

沙耶香の言葉を純也が引き取った。

「それ、ぼくたちが出すことはできないんですか」

「無理です。一色さんは陽性馬の騎手で、一着になる栄誉と賞金を得る機会を奪われたわけですが、原因が特定できていません。厩舎側の過失の可能性も残っています。同じことが一頭目以降すべての陽性馬に言えますし、これまで陽性反応が出た五頭がそれぞれ同じ原因によるのか、違う原因によるのかもわかっていないわけですから」

「要は、競馬会も被害届の出しようがないのか」

「でしょうね」

「ぼくたちにとっては、陽性馬が続出したことと、沙耶香に脅迫状が送られてきたことは一連の出来事であり、五頭合わせてひとつの事件なんです。でも、警察から見るとそうではない、というのが悩ましいなあ」

「ですが、ひとつの事件である可能性も考えているので、我々捜査二課が担当していると考えてもらって結構です。夏山さんには警護のための警察官を付けます。お住まいの近くや、テレビ局、競馬場などにパトカーを同行させて、警察が見ていることをあえて犯人にわかるようにしたいのですが、構いませんか」

「は、はい」

　沙耶香は驚いたように答えた。

「では、小岩井に、明日からのスケジュールと連絡先、できれば仕事先の担当者なども教えてやってもらえますか。今後、末尾の四桁が『〇一一〇』の着信があれば警察ですので、よろしくお願いします。一色さんも普段から連絡がつくようにしてもらえるとありがたいのですが、大丈夫ですか」

「はい。ただ、競馬開催中は公正確保のため、外部の人と電話で話したり、メールのやり取りをすると罰せられるんです」

「でしたら、知事に話して、特例として認めてもらうよう手配します。週明けからは、朝から電話を取れるようにしておいてください」

　常総中央警察署を出たときには午後十一時を回っていた。

　沙耶香は疲れ切っていた。

　車のドアを開け閉めする動作もゆっくりとしている。

「ジュンちゃん、今日は泊まっていってくれる?」

「いいけど、仕事は大丈夫なのか」

「うん」

沙耶香は子供のように頷いた。
それが彼女と過ごした最後の夜になった。

十五

翌週の月曜日、十月二十九日。

早朝というより深夜というべき午前三時前、純也が自宅アパートから常総競馬場の通用門を車で抜けようとすると、門の脇にパトカーが停まっていた。

――ここにパトカーがあるということは、もう沙耶香が来ているのかな。

いつもの警備員にジョッキーライセンスを見せようとすると、警備員は手で制して敬礼した。

――そうか、監視カメラが稼働しはじめたんだ。

警備員詰所前に設置された監視カメラのランプが赤く灯っている。

それとも、純也の成績がよくなったので警備員が態度を変えたのか。

今日の一番乗りは奥のほうの厩舎なので、いつも停める入口近くの駐車場ではなく、スタンドに近い駐車場に停めることにした。

入口近くの駐車場でちらりと視界に入った赤い影が沙耶香の車だろうか。まだ外が暗かったので、はっきりそれと確かめることはできなかった。

何かがおかしいように感じたが、急いでいたこともあり、そのまま奥へと進んだ。

純也は一番乗りの馬の背に乗った。

「十五―十五で様子を見て、終いだけサッとやってくれ」

という調教師の指示に頷いて馬道に入った。

十五―十五とは、一ハロンを十五秒平均のペースで走らせる調教のことをいう。全力疾走手前の駈歩《かけあし》、いわゆるキャンターだ。そして、「終いだけサッと」というのは、最後の一ハロンほどをやや強めに追えという指示である。

馬場入りしたときも、直線を流しているときもスタンドのほうを確かめたのだが、沙耶香の姿はなかった。

何か、違和感のようなものが胸にわだかまっているのだが、正体がわからない。

厩舎前に戻り、担当厩務員に口を持ってもらって下馬しようとしたとき、馬があとずさって、危うく厩舎の壁にぶつかりそうになった。

そのとき、違和感の正体に思い当たった。と同時に、胸を鈍器で強打されたような痛みを感じた。

先日、マスコミ関係者は厩舎地区に出入りしてはならないと通達が出された。それはまだ解除されていないはずだ。

なのに、なぜ駐車場に沙耶香の車があったのか。

脳裏に、横目で見た赤いシルエットが蘇ってきた。ずいぶん奥のほうに停めてあったような気がする。

駐車場の奥には、使用済みの寝藁などを積んでおく堆肥集積所がある。人の背丈より高い寝藁の山が、駐車場にはみ出している。確か、沙耶香の赤い車は斜め前をこちらに見せていた。もし、今自分が乗っているこの馬のように、車体後部が寝藁の山に接していたとしたら、危ないのではないか。

純也は馬から飛び下り、駐車場へと走った。

馬道を歩く馬が走る純也に驚いて立ち上がった。

「バカヤロー、走るんじゃねえ！」

構わず純也は走った。

駐車場に駆け込んだ。

奥に赤いアウディA3が停まっている。

エンジンがかかったままだ。やはり、堆肥集積所の囲いから溢《あふ》れ出た寝藁の山に、車体後部を突っ込むような格好になっている。

寝藁にマフラーを塞がれたら、排気ガスが車内に入り込み、一酸化炭素中毒になってしまう。

運転席に人影が見えた。

ハンドルに突っ伏しているのは、沙耶香だ。

「沙耶香！」

ドアはロックされていなかった。

車内のツンとした臭いが鼻を突いた。

沙耶香はぐったりして動かない。

エンジンを止め、沙耶香を抱き抱えて車外に寝かせた。

自分の頬と耳を彼女に口元に当て、呼吸を確かめた。

息をしていない。

心音も聞こえないし、脈もない。

しかし、まだ体があたたかい。

一一九番に通報し、心臓マッサージをした。五回、十回、二十回と繰り返しても反応がない。

——くそっ、どうしたらいいんだ……！

通用門の外に走り、パトカーの窓を叩いた。

二人の警察官を引きずり下ろすように駐車場に連れてきた。

警官のひとりがＡＥＤ（自動体外式除細動器）を持ってきて、沙耶香のシャツの胸元をひらいた。

野次馬が集まってきた。

救急車が来た。純也も乗り込んだ。

救急隊員が沙耶香に酸素マスクを当て、引きつづき救命措置を試みたが、沙耶香は目を覚まさなかった。

沙耶香が死んだ。

病院の廊下の長椅子に、泥で汚れた長靴を履き、ヘルメットと鞭を抱えた自分がいるこの瞬間が現実のこととは思えなかった。

どのくらいそこに座っていただろう、見覚えのある若い男に声をかけられた。

県警捜査二課の小岩井だった。

「申し訳ありません」

小岩井の声が遠く聞こえた。

「なあ、これは何かの間違いじゃないのか」

純也の問いかけに、小岩井がどう答えたのか、覚えていない。

警察の車で、また厩舎エリアの駐車場に戻った。

規制線を示す黄色いテープの向こうに、沙耶香の赤いアウディA3がある。

——ドラマで見る殺人現場みたいに、規制線の黄色いテープでも張られているのかと思っていたけど、いつもどおりなんだね。

という沙耶香の声が耳の奥に蘇ってきた。

あれは、一頭目の陽性馬が出た小山内厩舎の全頭検査のときだった。八月二十日のことだ。

その二カ月後に、どうしてこんな現実に向き合わなくてはならないのか。

県警捜査二課の野々宮も、所轄の大須賀もいた。

彼らにも何か言われたが、聞こえなかった。

青い制服を着た鑑識係員が、車のボディについた指紋を採取するための白い粉を塗布している。赤い車と黄色いテープと青い制服と白い粉。色彩が強すぎて、見ていると目《め》眩《まい》がしそうだった。

そのとき、運転席のドアノブの下に、新しい傷がついていることに気がついた。

またどこかにこすったのか、それとも、周りをよく見ずにドアを開けて何かにぶつけたのだろうか。

純也に車の傷を見つけられたときの沙耶香の表情を思い出すと、立っていることさえつらくなってきた。

どうして沙耶香はこんなに早く競馬場に来たんだ。

どうして警備員は厩舎エリアに入ることを制止しなかったんだ。

どうしてパトカーも一緒になかに入らなかったんだ。

どうしておれはもっと早く異変に気づかなかったんだ。

どうして沙耶香が死ななくてはならなかったんだ。

いくつもの「どうして」が頭のなかを駆けめぐり、おかしくなってしまいそうだった。

美人ジャーナリストの不審死は、テレビや一般紙でも大きく報じられた。これまでの陽性馬発覚時以上の報道陣が常総競馬場に押しかけてきた。純也もカメラやマイクに追いかけられた。こうなると、厩舎エリアへのマスコミ関係者の入場を禁じておいたのは正解だった。

夜、テレビをつけると、全国ニュースで沙耶香の死が報じられ、顔写真が映し出された。それが、ついこの前まで、自分の横で愛らしい笑顔を見せていた、あの沙耶香であることが、どうしても信じられなかった。

沙耶香が死んだ十月二十九日を含む、その週の競馬開催が中止になった。八月中旬に最初のドーピング事件が発生してからの三カ月弱の間に、これが三度目の開催中止となる。今回、中止となるのは十一月二日の金曜日までだ。レースが再開されるのは、土日を挟んだ翌週の月曜日、十一月五日になる予定だ。

事件、事故、両方の可能性を念頭に捜査が行われた。

厩舎エリアの駐車場には数台の警察車両が停められ、十数名の捜査員が現場検証や聞き込みをつづけている。

十月三十一日、水曜日に通夜、十一月一日、木曜日に告別式が営まれた。

ひとり娘を亡くした両親の悲しみ方は、見ているのがつらくなるほどだった。母親は、眠っているようにしか見えない沙耶香を何度も揺り起こそうとした。純也も胸のなかで一緒に沙耶香の名を呼んだ。

告別式の翌日、十一月二日、金曜日の夕方、県警捜査二課の野々宮から電話があり、所轄の常総中央警察署に呼び出された。ここに捜査本部が設置されたようだ。

「申し訳ありませんでした」

野々宮と小岩井が頭を下げた。

「謝らないでください。あなた方が悪いわけじゃない」

少し間を置いて野々宮が言った。

「自殺と、殺人の可能性も否定できない状況になってきました」

「何だって?」

沙耶香が車の運転が苦手だったことを誰よりも知っていた純也は、沙耶香なら、バックに失敗して寝藁の山に突っ込むこともあり得ると思っていた。そして、エンジンをかけたまま眠ってしまった、と。そう思いたかった。彼女自身に過失のある事故なら、まだ諦めがつく。純也は言った。

「沙耶香は絶対に自殺なんかしない」

「動機がないことは我々も承知しています。ただ、亡くなったさいの状況が、夏山さん自身でつくり出せるものだったという意味で、自殺の可能性も否定できないと申し上げたのです」

ネットや一部メディアで自殺説が出ていることは純也も知っていた。だが、それは夏山沙耶香というジャーナリストの強さを知らない者たちの戯言《たわごと》に過ぎない。そう断言できる。

「殺人にしたって、殺されなきゃいけないほどのことを沙耶香はしていないでしょう」

「ただ、夏山さんに真相を究明されると都合の悪い人間がいたことは確かです」

「例の脅迫状を送った人間か」

純也は、紙にプリントされていた活字を思い出していた。

〈真実は必ずしも正義ではない〉

あれはどういう意味なのか。

野々宮がタブレットをスクロールした。

「夏山さんが亡くなった日の午前二時、彼女の携帯に電話がかかってきて、二分ほど通話しています。相手はプリペイド携帯を使用していました。電話から使用者を特定することはできませんでした」

「そいつに呼び出された、と」

「あくまでも可能性ですが。夏山さんの電話番号を知っていて、そんな時間に連絡をしてくる人間は限られていると思うのですが、心当たりは？」

「競馬会の人間や厩舎関係者は沙耶香の電話番号を知っているだろうし、午前二時なら起きている人間はたくさんいます」

面識のある人間から、薬物検出事件関連のネタを持ち出されたら、沙耶香は迷わず出向いて行っただろう。競馬会の職員、調教師、騎手、厩務員、テレビ局の関係者、新聞記者……いろいろな人間の顔が浮かんでは、消えた。

純也は訊いた。

「そもそも、どうして彼女が厩舎エリアに入ることができたのか、わかりました？」

答えたのは小岩井だった。

「警備員に確かめたところ、マスコミ関係者は立入禁止と承知していたとのことですが、夏山さんは特別扱いしてもいいと考えて通したそうです。パトカーと一緒だったことも、すんなり通すことにつながったようです。申し訳ありません」

野々宮がタブレットを机に置いて言った。

「夏山さんの部屋から、病院で処方された睡眠薬と精神安定剤が見つかったのですが、常用していたのでしょうか」

純也は首を横に振った。

「いや、毎日ではなかったと思います。どうしても眠らなくてはならないときに少し飲む程度だったはずです」

「実は、司法解剖で、彼女の胃の内容物から睡眠薬の成分が検出されたんです。彼女が使用している薬にも含まれている成分ですが、ネット通販で誰でも入手できるほかの薬にも含まれています。それをジュースなどに入れて飲まされた可能性もあります」

「で、寝ている間に、誰かが意図的に車の後ろを寝藁に突っ込んだ、と？」

「ハンドルからは夏山さんと一色さんの指紋のほか、三人の判別可能な指紋が検出されました。どれもお二人の指紋より前につけられたものなので、犯人のものではないと考えられます」

それらの指紋は、ディーラーに整備に出したときや、ガソリンスタンドで洗車を頼んだときなどに付着したものか。野々宮はつづけた。

「それでも、もともとあのあたりに車を停めたのであれば、数メートル後退させるぐらいなら、手袋をするなどして指紋を残さずにできると思われます」

「通用門を通るとき、監視カメラに沙耶香の車は映っていたんですよね」

「ええ、夏山さんしか乗っていませんでした。警備員もそう証言しています」

と小岩井が答えた。

野々村が困ったように言った。

「周辺の足跡も採取して調べているのですが、同じぐらいの大きさで、同じタイプのブーツを履いている人が多いようですね」

「ええ、騎手はだいたい同じような体格ですから。厩務員や調教師でも調教に乗る人間がいて、彼らも騎手と同じような長靴を履いています」

厩務員と聞いて、小岩井の眉が少し動いた。

「監視カメラの映像を何度も確認したのですが、あの日も、厩務員の権田氏は厩舎エリアに来ていなかったようです」

「そうですか」

少し前なら「権田」と聞いただけで気持ちが昂っていたはずだが、それは沙耶香と一緒に北関東競馬を守っていくことがライフワークになっていたからだ。

夏山沙耶香のいない北関東競馬にどれほどの価値があるのか。今の純也にはよくわからなかった。

十六

沙耶香のマンションの鍵は、両親から預かったままだった。

部屋はしばらくそのままにしておきたい、ときどき様子を見に行ってほしい——と母親に言われていた。

しかし、彼女と過ごした時間を思い出すのがつらいので、近くを車で通ることも避けるようにしていた。

自分のアパートに戻り、アルコールの力に頼って眠ろうとした。酒は強いほうではないので、すぐにウトウトしかけた。

ベッド脇のサイドテーブルに、コンビニで買った新聞を置いた。一面の「知事選」という見出しに何か引っ掛かるものを感じながら、そのまま寝てしまった。

どんなに遅く寝ても、午前二時半には目が覚めてしまう。

まだアルコールが残っているかもしれない。今日は攻め馬をパスしようかとも思ったが、出かける準備を始めた。純也は、沙耶香が死んだ翌日も、その次の日も、ずっと馬に乗りつづけていた。

――沙耶香がどうしておれを選んでくれたのか、結局訊けなかったな。

が、一度だけ、理由らしきことを言われたことがあった。

「馬に乗っているときのジュンちゃんの表情がいいんだよ」

それを、通夜の最中、彼女の遺影を眺めているときに思い出した。

確かに、馬に乗るのをやめたら、自分は何者でもなくなってしまう。

歯を磨いて、髭《ひげ》を剃《そ》り、アパートを出た。

いつもの癖で、朝刊を買いに新聞販売店に来てしまった。騎手が起き出す時間に朝刊を売っているのはここしかなく、沙耶香が連載コラムを持っている一般紙とスポーツ新聞を週末に買っていたのだ。

しかし、もうここに来る意味はなくなった。

一般紙の一面トップは県知事選のニュースだった。

年内にも選挙が予定され、現職の山崎と、新人の女性候補の支持が、世論調査では拮《きっ》抗《こう》しているのだという。

純也はこの日も十頭の調教に騎乗した。

話しかけてくる騎手はほとんどいなかった。騎乗馬から陽性反応が出たぐらいの不幸なら蜜の味だったのかもしれないが、今回は、仲間たちが純也と同じように痛みを感じてくれているのがわかった。

本当なら今週のなかごろから復帰する予定だった桜井も、

「ちゃんと飯食ってるか？」

などと声をかけてはくれるが、沙耶香のことは口にしない。

むしろ、沙耶香がどんなに素晴らしい女性だったか、自分の知らない話まで聞かせてくれるくらい彼女を話題にしてほしいのだが、そのあたりの気持ちは、ほかの人間にはなかなか理解してもらえないようだ。

ファミリーレストランで朝昼兼用の食事をしてから、昼前にアパートに戻った。

販売店で買った朝刊をひろげた。

二面と三面にも知事選の記事があった。

新人候補は元タレントで、現在は県会議員をしている石沢菜穂《いしざわなほ》という女性だ。

三十八歳だというが、写真では純也と同じぐらいにしか見えない。

どことなく、調教師の高池礼子に雰囲気が似ている。ドレス姿でグラスを手にしているところなどは女優のようだ。

後援会の会長の名前を見て、食後の眠気が吹き飛んだ。

北関東馬主会の会長でもある前島巌である。前島の父親も、彼女と同じ政府与党の代議士だった。その関係で支持者となったのか。

沙耶香がつくった容疑者リストの前島の注釈にも、野党に所属する現知事の山崎を敵視しているとあったことを思い出した。

ＬＩＮＥの沙耶香とのトークをひらいた。

少し遡って、「ジュンとサヤカの事件簿」のリンクをタップした。

そのワードファイルをひらいて驚いた。

最終更新日時が十月二十九日、月曜日の午前一時十分になっている。

彼女が何者かの電話を受けて常総競馬場に向かう直前だ。

純也が最後に彼女と別れたのは、彼女の部屋に泊まった翌日、十月二十七日、土曜日の早朝だった。その一日半後に、彼女はこのファイルを更新したのだ。

震える手でファイルをタップした。

警察に提出した時点のものより、ずいぶん加筆されているのがひと目でわかった。

〈ジュンちゃん、気づいてくれるかなー〉

と冒頭にある。

今まさに、沙耶香が天国から語りかけてくれているように感じた。

純也だけがこうして見ることを想定していたのか。

まさか、自分が死んでしまう可能性もあると思っていたわけではないだろうが、彼女なりの覚悟はあったのか。

第一容疑者である厩務員の「権田茂信」の説明文から読みはじめた。

プロフィールがさらに詳しくなっていた。

〈茨城で生まれ、厩務員になる前は旅行代理店に勤務。海外渡航経験が豊富で、アメリカ競馬観戦ツアーなども企画。アメリカでスタノゾロールの治験を手伝ったというのは、まんざら嘘ではないのかも〉

競馬会の職員である、常総競馬場場長の鮒村、部下の安川、広報部長の槙野らの説明文にはほぼ変化はなかった。

馬主会会長の「前島巌」の項目にも新たな情報が加えられている。

〈元事務局長の「佐竹天皇」が設立した、競馬場の設備の維持・管理などを行う関連会社の役員に前島も就任。映像制作のアウトソーシングも画策。そのため、現在、別会社の制作により放送中の「キタカンTV」を潰そうとしている〉

〈本業の運送会社ではバス事業への参入を計画。その権利獲得と路線開拓を有利に進めるため、自身が後援会会長をつとめる新人女性候補、石沢菜穂を当選させようとしている。前島と石沢菜穂は不倫関係にあるとの噂。石沢菜穂はタレント時代、東京の大手芸能プロダクション、マイスターエージェンシーに所属〉

そして、最後の「一色純也」の項目に、こう加えてあった。

〈過去のレース映像と比較すると、一色自身のフォームに変化はないが、騎乗馬の走るフォームが伸びやかになっていることがわかる。苦しそうにゴールを目指すのではなく

背中に一色がいることを楽しんでいるかのよう。ただ、一色本人がどれだけ意識しているかは不明〉

次のパラグラフからは、文体が変わっていた。

〈ほかの誰も持っていない、ジュンちゃんだけの包容力が、ようやく馬にも伝わるようになったのかな。不思議だけど、今回の薬物事件がきっかけになったみたいだね。ジュンちゃん、「自分は変わっていないのに、周りが変わった」って言ってたでしょう。ジュンちゃん自身は変わっていなくても、「騎手・一色純也」の周囲への伝わり方が変わったんだと思う。それで馬の走り方が変わったんだよ。生意気に、知ったようなこと言ってごめん。でも、私には、気持ちよさそうに走る馬たちの気持ちがわかる。ジュンちゃんって、自分の声とか、匂いとか、体のあたたかさとか、手をつなぐときなんかのちょっとした仕草とかで、相手の気持ちを楽にしたり、元気づけたりしながら、自分をいつの間にか相手に同化させるみたいな、すごい能力を持ってるんだよ。この人は誰よりも私のことをわかってくれている、と自信を持って言える。でも、私、ジュンちゃんと一緒にいるとなぜかすぐ眠くなるの。だから、原稿があるときはそばにいられると困るんだけど、それでもずっと一緒にいたい。だけど、騎手は年中無休だから泊まりがけで旅行とか行けないんだよね。馬産地取材もしたいし、仔馬《こうま》が生まれてから故郷の牧場を旅立ち、セリに出て新たなオーナーと出会うまでのノンフィクションとかも書いてみたいから、北海道に一緒に行こうよ。それはジュンちゃんが騎手を引退して調教師になってからかな。楽しい夢と、幸せな時間を一杯くれるジュンちゃん、大好きだよ〉

そこで文章は終わっていた。

涙が止まらなかった。

まだ、沙耶香がいなくなったという現実を受け入れることができない。

今も沙耶香は、北関東競馬を貶《おとし》めた犯人を突き止めようと走り回っているように思えてくる。

このところ、薬物投与の動機や犯人像に関して、周囲の見方が変わってきているのを純也は感じていた。

これだけ同じ薬物の検出が警戒の目をかいくぐってつづくとなると、単なる愉快犯ではなく、背景に大きな力や何らかの意図があるのではないか——という見方が、警察だけではなく、北関東競馬や、ほかの地区の地方競馬、ＪＲＡを含めた競馬サークル内でも主流になっているようだ。

沙耶香もそう見ていたのか。

断定はしていないが、書き方からして、馬主会会長の前島巌を主犯と睨んでいたような気がする。

最大の動機は、北関東競馬会の管理者である現職の山崎知事の失策をつくること。そして、自身の不倫相手である知事候補の石沢菜穂を当選させ、本業への利益誘導を行うこと。新知事の石沢菜穂が競馬会の新たな管理者となるわけだから、馬主会会長としても、予算編成などで都合よく采配を振るい、競馬会を私物化することができる。

しかし、それだけで、あれほど何頭も陽性馬を出して、自身が馬主会会長をつとめる北関東競馬のイメージを穢《けが》し、さらに、尊い人命まで奪う暴挙に出るだろうか。

もっと強い「何か」がなければ、あの狡賢いガマガエルのような男が、リスクを背負って犯罪に手を染めるようには思えなかった。

それに、もうひとつ——。

前島の項目で、ほかにも何か引っ掛かるものがあるように感じられた。

もう一度、沙耶香がしたためた文章を読み直した。

——マイスターエージェンシー？

知事選の新人候補者、石沢菜穂が所属していたという芸能プロダクションだ。俳優や歌手、お笑い芸人から、スポーツ選手や政治家まで、あらゆるジャンルの著名人のマネジメントを手がける、業界屈指の大手として知られている。

もう一度新聞に掲載されている石沢菜穂の写真を見た。

——わかった、礼子さんだ。

高池礼子がテレビコマーシャルに出演していたころに所属していたのもマイスターエ

ージェンシーだった。

礼子が四十五歳で菜穂が三十八歳。七歳離れているが、かつて同じ事務所に所属し、二人とも故郷に戻って仕事をしているのだから、つながりがあるかもしれない。

純也は礼子の携帯を呼び出した。

「石沢菜穂？　知ってるも何も、あの子をタレントにしたのは私だよ」

礼子の答えは意外だった。礼子はつづけた。

「私がタレント活動を辞めたいって事務所に言ったら、後釜を自分で見つけてきたら辞めさせてやるって言われたの。ねずみ講じゃないんだからと思ったけど、菜穂ちゃん、高校生のとき、ここで乗馬をしていて、すごく可愛かったから声をかけたんだ」

「常総競馬場で乗馬をしていた、ということは……」

「乗馬少年団に入っていたの」

沙耶香の文書にも〈乗馬少年団〉という言葉があった。

「その乗馬少年団、石沢さんがいたころの教官は？」

「安川君だよ。常総競馬場の鮒村場長の下で仕事をしている、あの安川君。今はお腹《なか》の出たオジサンになっちゃったけど、昔はハンサムで、馬術のオリンピック候補にもなって、女の子に人気があったの」

沙耶香がリストアップした人間たちの間に、新たなつながりが出てきた。

石沢菜穂とつながっている男は、ひとりではないのかもしれない。

「じゃあ、石沢さんも馬を扱えるんですね」

「もちろん。うちの厩務員よりずっと上手」

現知事の失策をつくりたいという動機があるうえに、馬を扱えるとはいっても、彼女が実行犯である可能性は低いような気がした。

純也は、沙耶香が作成した容疑者リストについて説明した。そして、前島と石沢菜穂が不倫関係にあるのではないかと訊いた。

「ないない、あり得ない。いくら知事になりたいからって、そこまで自分を落とさないでしょう」

それでも、自分で会って確かめたいと思った。

「石沢さんと話がしたいんですけど、礼子さん、取り持ってくれませんか」

「いいけど、まさか、前島のオヤジと不倫してるんですかって訊くつもりじゃないでしょうね」

純也の返事を聞かずに礼子がつづけた。

「来週の金曜日の夜はどう？　前から食事しようって言われていたから。選挙の推薦人になってくれとか、そういう話だと思うけど、一色君も一緒だって言っておく」

「ありがとうございます」

電話を切ってから考えた。

警察の調べはどこまで進んでいるのだろうか。

捜査二課が担当しているのだから、当然、石沢菜穂と前島とのつながりに目をつけているだろう。

政治家や公務員が職権を乱用したり、利害関係者から賄賂を受け取るといった犯罪も捜査二課が担当するというから、「天皇」と呼ばれた前事務局長の佐竹が北関東競馬場の新スタンドを建設したころからマークしていたのかもしれない。

小腹が空《す》いたので、コンビニでサンドイッチでも買おうと思って外に出た。

――あれ？

アパートから県道に出るとき、角の郵便ポストのあたりから人影が走り去った。

車のドアの閉まる音がした。

県道の歩道に出ると、旧型の白いプリウスが走り去るのが見えた。

コンビニで支払いを済ませ、県道に立って左右を見回した。

白いプリウスなど珍しくないが、リアウインドウと後部座席のウインドウフィルムの色がやけに濃かったのが気になった。

今朝も、調教に行く途中、そう思った車を見かけた。確か、新聞販売店を出てすぐのあたりだった。あれも白いプリウスだった。

部屋に戻り、県警の捜査二課に電話をかけた。

土曜の夕方なので誰もいない可能性もあると思ったが、小岩井が電話に出た。

警察は、純也を警護する目的で人を張り付けてはいないという。

「そのプリウスのナンバーは？」

「見えませんでした」

「そうですか、念のため、気をつけてください。野々宮と所轄の大須賀にも伝えておきます」

小岩井はそう言ったが、何をどう気をつければいいのか。いっそのこと、あの人影が権田なら、今すぐにでも目の前に現れてほしいと思った。

十七

翌週、北関東競馬の騎手たちは、騎手服の袖に喪章を付けてレースに出場した。

それを用意したのはベテランの的山道雄だった。

「守ってやれなくてすまなかった」

的山は泣きながら純也の袖に喪章を付けてくれた。

再開初戦となった十一月五日、月曜日の第一レースを勝ったのは、これが落馬負傷からの復帰初戦となった桜井雅春だった。

三着だった純也が、ゴールを通過してから、

「おめでとう」

と声をかけると、桜井は馬上で小さく頷いた。

ゴーグルをしたままだったのでよく見えなかったが、泣いているのがわかった。

一勝もできない日もあったが、その週、純也は三勝を挙げた。

左の袖に付けた小さな喪章を握り締め、口取り写真に収まった。

そして、十一月九日、金曜の夜、一張羅のスーツを着て、北関東市内でも一、二を争

う老舗《しにせ》として知られる割烹《かっぽう》料理店に入った。

奥の個室に案内されると、高池礼子と石沢菜穂が先に来ていた。まだ約束の時間になっていなかったのだが、

「遅くなってすみませんでした」

と、掘りごたつになったテーブルの、礼子の隣に座った。

菜穂は、写真で見るよりさらに若く見えた。

「選挙は勝てそうなの」

礼子が盃《さかずき》を一口で空にして訊いた。

「五分五分かな」

「嘘、圧勝の見込みだと思ってた」

「私もそう思って立候補することにしたんだけど、現職の山崎知事、三期十二年の実績って、ひとつ覚えみたいに繰り返しているのが、結構浸透しちゃってるの」

「四期十六年の弊害を阻止しなきゃ」

「そうしたいんだけど、山崎さん、次で最後って明言しているじゃない。それが、こっちとしては痛いんだな」

「どうして」

「潔い感じがするからさ。男気があるとか言われて。こっちは女なんだから、そんなと

ころで比べられても困っちゃうよね」

と白い歯を見せて笑う菜穂は、自身の色香を武器にする百戦錬磨のホステスのようなタイプか、とっつきにくいキャリアウーマン風のどちらかだろうと思っていたのだが、どちらでもない姐御肌《あねごはだ》だった。

木の器に色鮮やかな先付《さきづけ》が並べられた。

紅葉《もみじ》の形に整えられたすり身を口に放り込んでから、純也が訊いた。

「石沢さん、競馬場にはよく行かれるんですか」

「たまあにね。わがままな後援会の会長のお飾りで」

前島の存在を自分から口に出すぐらいだから、突つかれて困る関係ではない、ということか。

「当選したら、北関東競馬会の管理者ですね」

「そっかあ。さすがジョッキー、そういう見方をするんだ」

「石沢さんは、どうして政治家を志したんですか」

「新聞記者みたいな質問だなあ」

菜穂は、鮎《あゆ》の甘露煮を箸で持ち上げたまま言った。

「いや、タレントとして十分やっていけたはずなのに、どうしてかなと」

純也が言うと、菜穂は少しの間考えてから顔を上げた。

「選挙用の答えとは違うんだけど、私、子供のころ魔法使いに憧れたのよ。杖《つえ》を振ったら美味しいお菓子が出てきたり、悪いやつを虫にしちゃったりとか。それに近いことをできる唯一の仕事じゃない、政治家って」

あまり酒は強くないらしく、頬が赤くなっている。

そのあとは他愛のない話がつづいたが、最後にご飯と赤だしが出てくると、菜穂があらたまった口調で礼子に言った。

「礼子さん、選挙の推薦人に名前を貸してくれませんか」

礼子が予想していたとおりになった。

「もちろん構わないよ」

「管理者の現職と対立することになるんだけど、大丈夫なの？」

「ぜんぜん問題なし。だって、今の知事には何もしてもらっていないから。今回の薬物事件だって、ねえ、一色君」

「え、まあ、そうですね」

急に話を振られて驚いてしまったが、気のせいか、礼子の口から「薬物事件」という言葉が出たとき、菜穂の表情が陰ったように見えた。

礼子はこの夜ずいぶん飲んでいた。

純也は最初から最後までウーロン茶だったので、礼子を厩舎まで車で送って行くことにした。

国道を南下して十分ほど経ったとき、礼子が言った。

「一色君、大丈夫？」

寝ていると思っていたので、自分への問いかけだと、すぐには気づかなかった。

「はい、何とか」

「いい子だったのにね」

沙耶香のことを考えていてくれたのが、嬉しかった。

「ありがとうございます。泣きすぎて、もう涙が涸《か》れちゃいました」

礼子は窓の外に目をやり、小さく息をついた。

「菜穂ちゃん、変わっちゃったな」

「え、前はどんな感じだったんですか」

「すごくよく気がついて、どんなことでも自分のことは後回しで、人の世話ばっかりしていた」

「そんなふうには見えないなあ」

「一色君のなかでは、今回の事件は、まだ解決していないんでしょう」

「それが、自分でもよくわからないんです。犯人を捕まえるのはぼくの仕事ではないし、沙耶香は事故だったと思いたいし。解決していなくても、終わりにしなきゃならないのかな、と思うこともあります」

「そう思わないとつらいもんね」

「はい……」

と答えたとき、ヘッドライトを遠目にした後続車が猛スピードで近づいてくるのがバックミラーに映った。

純也も遅い車を追い越しながら走っていたのだが、右車線から左車線に移った。すると、後ろの車も純也の車の真後ろに来た。

——まさか……。

先週、アパートの近くで見た白いプリウスだろうか。

「どうしたの」

礼子が怪訝そうな顔をした。

「気のせいかもしれないけど、つけられているかもしれません」

「誰に」

「権田かもしれない」

「あのガラの悪い厩務員？」

「はい、あいつならアクセルベタ踏みで突撃してきても不思議じゃないと思います」

「やめてよ、冗談でしょう。今カーチェイスなんてされたら吐いちゃうよ」

ションの駐車場に停めたままになっている。


「我慢してください」

純也はアクセルを踏み込んだ。

こんなことになるのなら、沙耶香のアウディA3を借りておくべきだった。警察から返されたとき、沙耶香の母に使ってほしいと言われたのだが、そのままマンションの駐車場に停めたままになっている。


スピードメーターは一二〇キロを指している。

後ろの車がライトを遠目にしたまま純也の車の直後に張りついた。

「ねえ、ドライブレコーダーは付けてないの」

「ないです」

「付いていたとしても、これじゃあ映らないか」

と礼子は眩しそうに後ろを見る。

「礼子さん、前を向いて！」

「どうしてよ、やだ、ちょっと！」

前を大型トラックが走っている。

純也はさらにアクセルを踏み込んで、トラックに迫った。

そして、あと一、二秒で追突するというギリギリのタイミングでステアリングを一気に右に切り、車線を移動した。ギュルルッとタイヤの鳴る音がした。外からは、純也の車が横っ飛びしたように見えたはずだ。

急ブレーキの音と衝突音が聞こえた。

あのトラックには申し訳ないが、バリヤーになってもらった。

オービスのあるところだけは制限速度に落とし、常総競馬場の通用門から高池厩舎の前に来た。

「あの車のおかげで早く着きましたね」

純也が言うと、礼子は眉を吊《つ》り上げた。

「何言ってんの。もうちょっとで戻すところだったよ。それに、あの車かトラックにドライブレコーダーが付いていたらどうするの」

「警察に映像を提出してくれたら、かえって好都合です」

「……そうか、そうだね」

礼子が厩舎に入り、居室の灯が点《つ》くのを見届けてから、車を動かした。

十八

遠くに望む山々の紅葉が少しずつ麓に降りてきて、街路樹も綺麗に色づきはじめた。

純也は、競馬開催が再開された翌週、十一月十二日、月曜日の最終レース終了後、すぐには調整ルームには向かわず、スタンドと厩舎エリアの間にある、誘導馬のいる馬房に立ち寄った。

常総競馬場の職員の安川優一が、洗い場で使ったバケツやブラシを片づけていた。

「安川さん、ちょっといいですか」

純也が声をかけると、安川は怪訝そうな目を向けた。

「どうしたんだ」

「先週、石沢菜穂さんに会ってきました」

「そうか」

「あれ？　驚かないんですね。知ってたんですか」

安川が答えなかったので、純也はつづけた。

「石沢さんが乗馬少年団に入ってここで馬に乗っていたとき、安川さんが指導してたんですってね」

「ああ、それがどうした」

「今でも付き合いがあるんですか。男と女の」

「な、何を言ってるんだ」

歩き去ろうとした安川の腕をつかみ、純也は洗い場の蛇口を指さした。

「水は大切に使ってくださいよ。今でも、水道代や光熱費がやけに高い月があると言っていた調教師がいたんですけど、どうしてでしょうね」

安川は顔を赤くして純也の手を振り払った。

安川は、十年ほど前、常総競馬場の十五の厩舎に水道代と光熱費を二割ほど高くして請求し、差額を懐に入れていたことがあった。

それが発覚して解雇されそうになったところを、知人の政治家の根回しによって表に出ないようにしてもらい、事なきを得たと噂されていた。

その政治家というのが、石沢菜穂ではないか。

安川にそう訊いてもよかったのだが、今の純也は、ひとつの行動規範をもとに動いていた。それは、

——沙耶香ならどうするか。

ということだった。

沙耶香なら、こうして関係している者たちにアプローチして種をまき、向こうが何かを仕掛けてくるのを待つのではないか。

次の標的も、この近くにいる。

純也は、スタンド脇の職員駐車場に向かった。

少し待っていると、場長の鮒村益男が裏口から歩いてきた。

「お疲れさまです、場長」

鮒村は不快そうに顔を歪めた。

安川と話してから十分も経っていないが、連絡を受けたのだろう。

純也はつづけた。

「場長、今年度限りで定年なんですよね」

「何を今さら」

「場長が在任中に、またダートコースの砂を入れ替えてもらいたいな。あれ？　これは
場長じゃなく、競馬会の業務部長の職権でしたっけ」

「し、知らん」

「今度はもっといい砂を入れてくださいよ」

沙耶香のレポートにあった、鮒村が業務部長時代に粗悪な砂を入れて私腹を肥やした
いうのは噂に過ぎないのだが、この慌てようを見ると、本当なのかもしれない。

「言ってる意味がわからん」

「石沢菜穂さんが管理者になったら、一緒に直訴しましょう。それを置き土産に退職してください」

鮒村は唇を震わせて車に乗り込んだ。

先週の土曜日、北関東馬主会会長の前島巌と、「天皇」と呼ばれた元事務局長の佐竹秀光、そして、知事選候補者で県会議員の石沢菜穂に速達を出しておいた。

差出人には「騎手・一色純也」と明記した。

前島宛ての手紙には、高池礼子の取り持ちで、純也が石沢菜穂に面会したことを記した。やましいことがあれば、それだけで勝手に妄想を脹《ふく》らませてくれるはずだ。

佐竹への書簡には、競馬会業務のアウトソーシングを利用したビジネスの将来について石沢菜穂と議論したと、慇懃《いんぎん》無礼な文体で書いた。

そして、石沢菜穂宛ての手紙には短くこう記した。

〈真実を必ず正義にします〉

遅くとも、今ごろまでには、本人の手に渡っているだろう。

沙耶香がつくった容疑者リスト十人のうち、事件に関わったのは、厩務員の権田、場長の鮒村、職員の安川、馬主会会長の前島、元事務局長の佐竹の五人だろうと目星を付けた。

さらに、リストに名はないが、前島の項目で言及していた石沢菜穂。ほかに、あとひとりか二人、協力者がいるはずだ。

決め手になったのは、菜穂が前島について話したときの表情と口調だった。名前こそ出さなかったが、二十歳も年上の前島との関係を、聞き分けのない子供について話すかのように、呆れ顔で表現した。何組も知っているわけではないが、あんなふうに男について話す女は、だいたいその男と通じているものだ。

菜穂か前島のどちらか、あるいはあの二人を軸に、事件は動いているのではないか。それを嗅ぎつけたからこそ、県警の捜査二課が乗り込んできたのだろう。

権田はおそらく、菜穂か前島か、あるいは佐竹から金を受け取っている。そうでないと、あの勤務時間の短さで食っていけるわけがない。

――さあ、やつらがどう動くか。

沙耶香は事件の真相に近づいたからこそ狙われたのだろう。

ということは、一連の禁止薬物検出事件の犯人を特定することが、彼女の死の謎を解き明かすことにもなるはずだ。

警察は殺人と自殺、事故の、どれがもっとも可能性が高いと見ているのだろうか。

自殺だけは絶対に違う、という思いが、純也のなかで日に日に強くなっていた。

大切な取材を放り出して自殺したと思われることは、沙耶香のジャーナリストとしての矜持（きょうじ）が許さないはずだ。肉体は存在しなくなっても、夏山沙耶香の名と、取材者・表現者としての矜持《きようじ》はずっと生きつづける。

――沙耶香のために、おれができることをしよう。

今、純也が考えているのは、それだけだった。


その夜も、翌日の火曜日も、何事もなく過ぎた。

場長の鮒村も、職員の安川も、純也に会うと不快そうに目を逸らすだけだ。珍しいことではないので、周囲もおかしいと思っている様子はなかった。

馬主会会長の前島の所有馬が出走したレースがあり、前島の姿を見かけたのだが、純也など目に入らないかのようにふんぞり返っていた。

元事務局長の佐竹は、ここ何年も競馬場では見かけていない。純也が書簡を送りつけてからも、競馬場には来ていないようだ。

石沢菜穂は、相変わらず、新聞やテレビなどのメディアを使い、タイアップには見えない形で、上手く自分の名と美貌を売りつづけていた。

しかし、十一月十四日、水曜日のことだった。

若手騎手の遠藤が、レース中に落馬して病院に運ばれた。意識ははっきりしていたが、あの様子だと、鎖骨を骨折したかもしれない。

遠藤は、調整ルームで純也と相部屋になっている。

もし、騎手のなかに犯人か、その協力者がいれば、純也がひとりで眠る今夜、狙ってくる可能性がある。

夜、自分の部屋に戻ってすぐ、予感が的中したことを悟った。

不自然なほど強い眠気に襲われたのだ。

食堂で口にした食べ物か飲み物に睡眠薬を入れられたのか。

信じたくないことが、また起きようとしている。

遠藤の落馬は、騎乗馬の骨折による、純然たる事故だった。何者かの悪意が介在する余地はなかった。相手は、急遽《きゅうきょ》、純也に薬を盛ることを決めたのだろう。

食堂のテーブルで、向かいに座っていたのは的山だった。隣は桜井だった。いつもどおりの並びだ。お茶、そうだ、お茶のおかわりを、食堂のおばちゃんが注ぎ足してくれた。人のよさそうな丸い顔が浮かんできた。いや、いくら何でも、あのおばちゃんと何らかの利害関係が気づかぬうちに生まれていたなどということは……。

そこまで考えたとき、吸い込まれるように眠りに落ちた。

どのくらい時間が経ったのだろう、息苦しさで目が覚めた。

真っ暗で何も見えない。

体を折り曲げられた状態で、手足を縛られている。ロープを食いちぎろうとしても、猿ぐつわが邪魔で口に力が入らない。

どうやら、ここは車のトランクのなかだ。

揺れを感じ、エンジン音とロードノイズが聞こえてくる。

ものすごく頭が冴えている。この目覚めのよさは、睡眠薬特有のものに思えた。

殺すなら、自殺に見せかけるだろう。

恋人を亡くした失意の騎手の死に場所にふさわしいのはどこか。

そう考えながら、手足を縛っているこのロープで首を吊られなかったことに感謝した。

いくら体重が五十キロほどしかない純也でも、ひとりで運ぶのは無理だろう。最低でも二人は必要だ。うちひとりは睡眠薬を盛った騎手か、食堂のおばちゃんか。

しかし、こうして手足を拘束した痕が残っては、自殺に見せかけることはできなくなるのではないか。いや、しばらく発見されない場所に遺体を隠し、腐敗が進めばわからなくなるか。

ロードノイズや揺れ方から、悪路ではなく舗装路を走っていることがわかる。おそらく、ほぼ平坦な道だ。ほかの車を追い越すか、追い越される音もときおり聞こえる。

この車には何人乗っているのだろう。

連れていかれた先に誰かが待機しているのか。

考えてみれば、騎手の協力者はこの車に乗る必要はないのだ。もし乗っていれば、明朝の調教までに戻らなければならないので、そう遠くには行けなくなる。

それでもあえて同乗する理由があるとしたら、純也を自身の手で殺《あや》めたいと思うほど恨んでいることか。

殺されるかもしれない――そう思っても、恐怖心はなかった。けっして度胸があるほうではないのだが、自分なりに覚悟はできていた。

何より、目的を果たせたことの充足感があった。

一昨日の月曜日、純也が容疑者たちに接触したことによって、事態が動き出したことは間違いない。

沙耶香はやはり、真実に近づいていたのだ。

〈真実は必ずしも正義ではない〉

彼女への脅迫状にそう書かれていた。

それに対する返信のつもりで、石沢菜穂への書簡に、

〈真実を必ず正義にします〉

と記した。

己の所為が正義ではないと悪びれずに言う傲慢さが許せなかった。

不意に、車が停まった。

――ん、どうしたんだ？

急に外が騒がしくなった。

ドアを開け閉めする音が、振動とともに響いた。

次の刹那、凄まじい光量の光に包まれた。何が起きたのか確かめたかったが、目を開けていられないほど眩しい。

強い力で持ち上げられ、そして座らされた。

純也はまだ目を閉じていた。

誰かが手足のロープをほどいている。猿ぐつわも取れた。

ゆっくり目を開けて、見上げた。

「無事でよかった」

県警捜査二課の野々宮が笑っていた。

「これを無事って言うのかよ」

言いながら立ち上がった。

ふらつく純也を、野々宮が支えた。

三台の警察車両と二台の白バイに囲まれていた。

「一網打尽です。市内では、前島、佐竹、石沢の身柄を確保しました」

「市内って、ここはどこなんだ」

「赤城山の麓です」

沙耶香の部屋から見ていたおぼろな稜線が、ここからはくっきりと見える。

赤城山の神は、中禅寺湖《ちゅうぜんじこ》の領有を巡って日光二荒山《にっこうふたらさん》の神と戦い、その血で山が赤く染まった。神の血で「赤き山」となったのが転じて「赤城山」と呼ばれるようになったという伝説がある。

――ここをおれの死に場所に選んだのは誰なんだ。

純也は、パトカーを一台一台見て歩いた。

すぐそこのパトカーの後部座席に警察官に挟まれて座っている、後頭部の薄い男は常総競馬場場長の鮒村か。

別のパトカーに座らされているのは、その部下の安川だった。

もう一台、ワンボックスのパトカーがあった。

確かめたくなかったが、ウインドウに黒いフィルムが貼られたスライドドアを開けた。

騎手の桜井雅春が座っていた。

桜井は、純也に刺すような目を向け、言った。

「お前にだけは負けたくなかった」

純也は桜井に背を向け、天を仰いだ。

十九

一連の禁止薬物検出事件と、沙耶香の死の全容がほぼ解明された。

純也は、県警捜査二課知能犯捜査係長の野々宮から、捜査本部の置かれた常総中央警察署で説明を受けた。

野々宮は、ときおりタブレットに目を落としながら、淡々と語りはじめた——。


一頭目の陽性馬ミスシャーベットにスタノゾロールを投与したのは、やはり、かつてこの馬の担当厩務員だった権田茂信だった。動機は、遅刻、欠勤を繰り返して解雇されたことに対する、雇用者の小山内譲調教師への逆恨みだった。

この事件が予想以上に大きなニュースとなり、世間の注目を集めた。

「北関東競馬の信用失墜」「公正競馬の揺らぎ」「神聖な血のスポーツへの冒瀆《ぼうとく》」といった活字が新聞や週刊誌に載った。

管理者である県知事の山崎の責任を問う声もちらほらと聞こえ出した。

「そこにあなたは便乗しようとしたのですね」

常総中央警察署の取調室で、野々宮が、正面に座る北関東馬主会会長の前島巌に言った。

「弁護士が来る前に、何も話す気はない」

と前島は顔をしかめた。

「北関東競馬の信用が失われ、大多数の県民にとって唯一の存在意義となっている財源確保の力も弱まれば、管理者である山崎知事の失策となる。そうなれば、あなたが後援会会長をつとめる、県知事選に出馬予定の石沢菜穂さんの評価が相対的に上がる。そう考えた。違いますか」

「知らん。想像でものを言うな」

「では、これをご覧いただけますか」

野々宮は、短い会話文がプリントされたＡ４の紙を差し出した。

「これは、スマートフォンのレコーダーで録音した音声を文字に起こしたものです。このスマートフォンは、亡くなった権田厩務員が家族に預けていたものです」

そう言って、ビニール袋に入ったスマートフォンを机に置いた。

前島は、Ａ４の紙を一瞥し、観念したように目を閉じた。

そこには、前島が権田に、薬物の投与を命じて金を渡したときのやり取りがプリントされていた。一頭目の陽性馬に薬物を投与したことを不問とする代わり、別の厩舎の馬にも同じ薬物を投与するよう指示したのだ。

野々宮が言った。

「あなたと石沢菜穂議員が愛人関係にあることの証拠も、石沢さんのスマートフォンのレコーダーに残っていました。そちらの文字起こしもご覧になりますか」

前島は目を閉じたまま首を横に振った。

野々宮がつづけた。

「石沢さんに関しては、のちほどあらためてお訊きします。その前に、前島さん、権田厩務員に薬物投与を依頼したことを、認めますか」

前島は頷いて、話しはじめた。

前島に命じられた権田は、スタノゾロールをしみ込ませたヘイキューブを高池礼子厩舎の厩務員の神戸に渡した。それを神戸がユアトラベラーに食べさせ、同馬が二頭目の陽性馬となった。礼子の厩舎を選んだのは前島だった。知名度のある礼子の管理馬なら、騒ぎがより大きくなると考えたからだった。

「あなたほど頭のいい人が、権田厩務員に薬物投与を命じたとき、逆に脅迫されることになるとは考えなかったのですか」

「私のバックには佐竹天皇がいる。歯向かう者などいなかった」

「ただ、それは競馬サークルに居場所を求める人間にのみ通じる力ですよね。権田厩務員はそれほど固執していなかった」

「だから殺したと言いたいのか。私は知らない」

「今回はここまでで結構です」

野々宮は席を立ち、別の取調室に移動した。


そこまで話を聞いた純也は思わず声を上げた。

「ちょっと待てよ。権田が死んだって？」

「はい、アパートの自室で倒れていました。首の骨が折れており、他殺の可能性があると見ています」

あの男の首をへし折るのは、相当な怪力の持ち主でなければ無理だろう。

「死んだのはいつなのか、わかったんですか」

「遺体が発見されたのは先々週の金曜日、十一月二日です。死亡推定日時は、その前の週の土曜日、十月二十七日の午前です」

「沙耶香が死ぬ二日前じゃないか」

「はい。夏山さんが他殺だったと仮定した場合、彼がもっとも有力な被疑者だったのですが、その線はなくなったということです」

「どうしてもっと早く教えてくれなかったんだよ」

野々宮が答えなかったので、純也はつづけた。

「捜査上の秘密ってやつか。それはいいとして、権田が死んでいたとしたら、石沢菜穂さんに会ったあと、料亭からつけてきた車を運転していたのは誰なんだ」

「それをこれからお話しします」

野々宮は、また静かに話しはじめた――。


前島の取調室を出た野々宮が、別の部屋のドアを開けると、奥に座っていた北関東競馬会元事務局長の佐竹秀光がギロリと睨んだ。

白髪を角刈りにし、紺の着流しの胸元に扇子を差している。

「先に前島の取り調べをしていたのか」

「はい」

「順番が違うだろう」

こんなところでも序列にこだわるあたりは、さすが「佐竹天皇」だ。

「失礼しました。私は重要な案件をあとに取っておきたいほうなので、気がつきませんでした」

野々宮が言うと、佐竹は満足そうに頷いた。

「やつは少々調子に乗りすぎた」

「権田厩務員が、ですか」

「前島もだ。二頭も禁止薬物の陽性馬が出たら、北関東競馬の存在そのものが危うくなることがどうしてわからんのかな。怒鳴りつけてやったわ。特に前島は、あの女を知事にすることばかり考えて、周りが見えなくなっていたんだろう」

「やはり、佐竹さんは、あれ以上の陽性馬を出すべきではないと考えていたのですね」

佐竹は語気を強めた。

「当たり前だ。騒ぎを起こして管理者の失策をつくるなど、存廃問題で北関東競馬が風前の灯火《ともしび》となった状態からここまで立て直した苦労を知らない者の発想だ。自分で自分の首を絞めていることに気づかんとは、呆れるわい」

「北関東競馬の売上げが月に五億円減ると、あなたが設立した『北関東ウェルネス』に付け替えた負債の金利返済が滞る計算になりますよね」

野々宮が言うと、佐竹は眉をぴくりと動かした。

「言っている意味がわからん」

「そうですか。実は、私もです」

「何だと？」

「背任や脱税に関しては彼がスペシャリストですから、話を聞いてやってください」

と野々宮は、佐竹の正面に座っていた部下の肩を叩き、部屋を出た。

連絡事項を片づけ、さらに別の取調室に入ると、ここが警察署であることを忘れるほど華やいだ空気が満ちていた。実際、薔薇《ばら》のような甘い香りがした。

正面に石沢菜穂が座っている。背後の窓から射し込む陽光で逆光気味になり、いつも以上に美しく見えた。

入口脇の小机で調書を取っている女性警官の手元を見て、野々宮は微笑んだ。細かな文字がびっしり書き込まれている。それを一読してから、話を聞いていた部下の小岩井に代わり、菜穂の向かいに腰掛けた。

「三頭目と四頭目の陽性馬は、ひとつのレースから同時に出ましたね。なぜ複数の馬に投与したのですか」

「安川さんに訊いてよ」

三頭目の陽性馬ロケットスターと四頭目の陽性馬ハイエアーは、北関東競馬の伝統の重賞「華厳賞」で二位と三位に入線した馬だ。勝ったのは、純也が乗ったマイハリスホークだった。

このときの陽性馬二頭に薬物を投与した実行犯は、常総競馬場の職員で、かつて菜穂に乗馬を指導していた安川優一だった。

命じたのは菜穂だった。安川の不正をネタに強要したらしい。

「安川さんが各厩舎に水道光熱費などの過剰請求をして私腹を肥やしていたことを、どうやって知ったのですか」

「言わなきゃいけないの？」

「そこがわかると信憑性が増しますので」

「本人も認めてるんでしょう。じゃあ、もういいじゃない」

と菜穂は頰杖をついて目を逸らせた。

「乗馬をしていたころ、教官だった安川さんに憧れていたそうですね」

「それは昔の話」

菜穂は、安川とも男女の関係にあり、いわゆる「ピロートーク」で、業務上の不正の実態を聞いたのかもしれない。

「では、場長の鮒村さんの不正はどのようにして知ったのですか」

「あれは噂だと思っていたんだけど、本当なのね。安川さんに聞いたって言ったら、あっさり認めた。挙げ句、自分だけじゃなく、代々の業務部長がやってるって言い出して」

「陽性馬を出す日時やレース、厩舎などは指定しなかったのですか」

「全部任せた。とにかく目立つようにやって、と念押しはしたけど」

菜穂の指示で動いた常総競馬場場長の鮒村が、五頭目の陽性馬となったココロパンチに薬物を投与した。純也が騎乗して一位で入線した馬だ。

「なるほど、それで安川さんは重賞の華厳賞で勝ちそうな馬を選び、鮒村さんは、急に勝ち出した一色純也騎手の馬を選んだわけですね。なるべく目立つように」

菜穂は頷いた。

菜穂は、愛人の前島が恐れている「佐竹天皇」が薬物事件を終わらせようとしていることを知り、安川と鮒村に薬物投与を命じた。北関東競馬と、それがなければただの人となる前島の両方を窮地に追い込み、前島との関係を清算しようとしたのだ。

その時点では、まだ次期県知事となることを諦めてはいなかったという。にもかかわらず、北関東競馬の信用を地に落とすようなことをつづけたのは、競馬会の管理者としての地位に魅力を感じていなかったからだ。

菜穂が言った。

「騎手の一色君に会ったとき、負けたと思った。あの子、私と礼子さんと食事をしている間、二時間ぐらいかな、料理や飲み物には手をつけるんだけど、掘りごたつに脚を入れないで、ずっと正座していた。あのとき彼の目を見ただけで、だぶついた前島や、年老いた佐竹、ましてや安川や鮒村ぐらいじゃ勝負にならないように感じたの。何ていうか、構えからして違っていた」

「負けたと思ったのに、一色さんの車を秘書につけさせたのはなぜですか」

「あれはあの男の独断。脅そうとしたんだって。そうしたら、自分が事故って大怪我してんの。あんなバカいらないから、辞めてもらった」

「それに先立って、一色さんの恋人の夏山沙耶香さんに脅迫状を送ったのは、あなたの差し金ですね」

「そう。でも、本当に警告だけのつもりだった。なのに、あんなことになって……」

菜穂は両手で顔を覆った。

泣いているわけではなかった。ひとりの尊い命が失われたことを悲しみ、悔いているのではなく、沙耶香の死によって事件が別の方向に動き出し、自分の政治生命が絶たれる結果となったことを嘆いているのだ。

「桜井騎手を巻き込むよう、競馬場職員の安川さんに指示したのもあなたですか」

菜穂は顔から手を離し、頷いた。

そして前髪をかき上げ、長い脚を組み直した。


純也は目を閉じて野々宮の話を聞いていた。

不思議なほど怒りは湧いてこない。

ただ、沙耶香を失った悲しみだけが深まっていく。

「沙耶香は、どうして死んだんですか」

タブレットの電源を切り、野々宮が答えた。

「近日中に詳しくお伝えできると思います。桜井騎手と、鮒村場長、安川職員の事情聴取も今日明日にも終わるはずですから」

純也は野々宮に礼を言って立ち上がった。

軽い目眩を覚えた。

二十

人馬の吐く息の白さが目立つ朝だった。

じっとしていると体がこわばるほどの寒さだが、常総競馬場全体の空気が、人と馬の体温で膨らんでいるように感じられた。

元事務局長、馬主会会長、常総競馬場場長、その部下の職員、そして看板騎手――と大量の逮捕者を出したため自粛していた競馬開催が、今日から再開されるのだ。

人はともかく、馬たちまでもそれを喜んでいるかのように、後ろ脚で立ち上がったり、尻っ跳ねをしたりしている。

一番乗りの調教を終えた純也は、馬道を行き交う人馬を興味深そうに眺めている県警捜査二課の野々宮を、コースが見える外埒沿いのベンチに誘った。

「朝の競馬場って、いいものですね」

追い切りをする馬を目で追って、野々宮が言った。

「調教を見るのは初めてですか」

「ええ。これだけ大がかりなことを毎朝しているなんて、知りませんでした」

少しの間、沈黙がつづいた。

「桜井は、どうなるんですか」

「勾留期限が来たら延長はせず、保釈する予定です。量刑は司直が決めることですが、一色さんに対する殺人未遂の幇助《ほうじょ》なので、おそらく執行猶予付きの判決になると思います」

「せめてもの救いは、あいつが沙耶香を殺したのではない、とわかったことです」

十月二十九日、月曜日の早朝、プリペイド携帯で沙耶香を呼び出したのは桜井だった。

「ほかの誰にも知られたくない新事実を教えるから、ひとりで来てほしい」

そう彼女に言ったという。

桜井も、一連の薬物検出事件のからくりに気づいていた。

二世騎手の彼は、乗馬少年団に所属していたとき安川から指導を受けており、騎手になってからも、かつての師弟関係の延長のような付き合いをしていた。

安川が石沢菜穂によって窮地に追い込まれていることも、菜穂がどんな人間かも、桜井は、純也よりずっとよくわかっていた。

沙耶香が真相を突き止めるための取材をつづけ、このまま情報を発信しつづけることは、北関東競馬にとって大きな打撃になる。だから、自然に収束するまで、ただ見守るようにしてほしい——。

桜井がそう話すのを聞いた沙耶香は、困ったような顔をしていたという。

情報があると言われて出て行ったら空振りだった、ということは珍しくなかったはずだ。

しかし、取材をやめてほしいと、恋人の親友から言われ、戸惑ったのか。

人目につきにくいところで話をするため、駐車場の隅に車を移動したのは沙耶香自身だった。

古い寝藁の山に車体後部を突っ込んだのも、沙耶香だった。

桜井と話したときは、エンジンを切っていたという。

話を終えた桜井が車を降りたときもエンジンはかかっていなかった。

桜井は、そのままエンジンをかけたら排気ガスが車内にこもって危ないよ——と言おうかとも思ったが、言わずに立ち去ったらしい。

おそらく暖を取るため、沙耶香はエンジンをかけたのだろう。

心のどこかにそうなってもいいという気持ちがあったのかもしれない——と桜井は言って、泣いていたという。

それを聞いて、喪章を付けて行われた最初のレースを勝った桜井が泣いていた理由がわかった。

桜井に裏切られたという気はしなかった。

むしろ、逆だった。

桜井は勝利の魔力に取り憑かれていた。重賞の華厳賞を勝ち、何とも言えない高揚感を経験した今の純也には、桜井が純也を憎む気持ちがよくわかる。

騎手にとって、競馬は引き算だ。どんな一流騎手でも、百の力の馬をレース中に百二十にすることはできない。ゲートで立ち遅れて、百が九十五になり、道中で引っ掛かって九十になり、四コーナーで外に振られて八十五になり、直線で前が詰まって八十になり……と減っていくぶんを、いかに小さくできるか。騎手たちはそこで勝負している。

勝てなかったころの純也は、桜井にとって、自身の引き算でマイナスを生む要因にはならなかった。

ところが、禁止薬物検出事件が起きてから、事情が変わった。

桜井にとって、純也はマイナスを生む大きな要因となった。出遅れないようゲートのなかで騎乗馬のたてがみをつかんだり、引っ掛からないよう長手綱で乗るのと同じように、マイナスとなり得る要因を消そうとし、安川の指示に従い、純也の夕食に睡眠薬を盛った。

桜井にとって、勝てない純也と親しくすることと、勝てる純也を憎むことはイコールだった。そういう彼らしさを、以前のまま純也に見せただけのように感じていたので、裏切られたとは思わなかった。

予想外だったのは、あの男のほうだ。

純也は野々宮に訊いた。

「厩務員の権田の死因はわかったんですか」

野々宮は内ポケットから手帳を取り出した。いつも使っているタブレットは警察署の外に持ち出してはいけないらしい。

「はい、前にお話ししたように、当初は殺人を疑っていたのですが、アナボリックステロイドの過剰摂取だったようです。摂取したことが直接的な死因ではなく、それが引き金となって心筋梗塞を発症したと思われる、というのが監察医の見立てです」

「首の骨が折れていたのは、どうして？」

「倒れたときの衝撃で折れた可能性もあるとのことです。生体反応からそういう結論になりました」

「ぼくを車でつけてきた石沢菜穂さんの秘書はどうなったんですか」

「ほかの違反で免停中だったのに運転し、追突したトラックの運転手に怪我をさせたので、逮捕しました。危険運転致死傷罪が適用されるので、おそらく実刑です」

東の空が赤く色づいてきた。

「石沢さんも、これで終わりか」

純也が言うと、野々宮は皮肉な笑みを浮かべた。

「どうでしょう。石沢菜穂の場合、検察が勾留期限の延長を請求したとしても、証拠隠滅の恐れがないとして、裁判所が保釈を認めると思われます。禁止薬物検出事件においては実質的な主犯格なのですが、立証できるのは強要ぐらいですから、彼女は執行猶予でしょうね」

秘書が実刑で菜穂が執行猶予。逆のような気もするが、そういうものなのか。

純也は、魔法使いに憧れたと話した菜穂の表情を思い出していた。彼女なら、政治家を辞めたあと、何をやっても魔法使いになれるだろう。

「前島との愛人関係を清算するという、最大の目的を果たしたわけだから、彼女にとっては意義のある事件だったのか」

「そうなりますね」

「タレントに戻るぶんには、あの程度のスキャンダルなんて屁でもないんだろうな」

純也は苦笑するしかなかった。

「一色さん、憤りを感じませんか」

「そりゃあ感じるけど、ぶつけどころがわからないから、どうにもならない」

野々宮が純也のほうに体を向けた。

「石沢菜穂や、桜井騎手を許しているのですか」

「いや、まさか。一生許すつもりはありません。けど、罰するのはぼくじゃないし、沙耶香もそれは望んでいないと思うんです」

「夏山さんが望むことは、何でしょう」

「ぼくが騎手として馬に乗りつづけること。それだけです」

「なるほど」

「たとえ、また『Dの人』に逆戻りしてしまったとしても」

「何ですか、その『Dの人』って」

「エリートのあんたには関係ない話ですよ」

そう言って純也が立ち上がると、野々宮も立ち上がった。

リズミカルな蹄音が近づいてくる。二人の前をサラブレッドが駆け抜け、砂煙を残していく。遠ざかる蹄音に、近くの一般道を走る車のエンジン音が重なった。

頬を撫でる風が先刻よりやわらかくなったように感じられる。

純也は、軽く屈伸運動をし、ジーパンのポケットに差していた鞭を抜いた。それを手のなかで回し、二度、三度と振った。

この地で七十年つづけられてきた競馬が、今日からまた行われる――。

＊

スタンド前に置かれたゲートに、次々と出走馬が入っていく。大外枠を引いた一色純也のココロパンチは最後の枠入りとなる。

軽く首を押し、ゲート内へと馬を歩かせた。ココロパンチは両耳をわずかに外に向けている。集中しているようだ。

「ガシャッ!」という金属音とともにゲートの前扉が開いた。純也の前方の視界が一気にひらけた。

瞬時に耳を絞ったココロパンチが首を下げ、一完歩目を踏み出した。同時に純也は腰を浮かして重心をやや前に移動する。

出走馬十三頭の蹄音が鳴り響く。

「生き物」と呼ばれるレースが鼓動を始めた。

ココロパンチはまずまずのスタートを切った。

歓声と風切り音が耳の奥で共鳴する。

純也のすぐ左には外埒がある。

埒の向こう側から大勢の観客がこちらを見つめている。

そのなかに夏山沙耶香の姿がないか、つい探してしまう。

いるはずがないことはわかっている。それでも目がスタンドに吸い寄せられる。

ひょっとしたら、探すこと自体に意味があるのかもしれない。いてもいなくても、こうして沙耶香を探すことが、彼女の生きた証《あかし》を確かめる作業でもあるのだから。

正面スタンド前を抜け、一コーナーに向かって行く。

純也は手綱を操作し、少しずつ内に進路を取った。

デビュー以来ずっと一緒に乗ってきた桜井雅春も、ここにはいない。

桜井なら、馬群のどのあたりにポジションを取っていただろう。彼は、最後に自分が先頭でフィニッシュするところから逆算してすべてを決めていた。実績や状態からチャンスがないように思われる馬でも必ずそうしていた。そのやり方で、騎乗馬の新たな面を引き出し、勝てるはずがないと思われた馬で勝つこともしばしばだった。

勝つこと。騎手・桜井雅春にとっての競馬は、それがすべてだった。

勝率が二割の騎手は、プロ野球の三割打者かそれ以上に相当すると言われている。つまり、超一流騎手でも十回のうち八回は負けるのだ。勝てる二回のためにすべてを擲《なげう》つ日々を十五年以上過ごしてきた桜井は、疑いなく、強靭《きょうじん》な精神力の持ち主だった。

よくても二割しか勝てないなかで、「勝てる騎手」としてのポジションを維持する苦しさは、ほとんど勝てなかった純也にもわかっていた。

純也が桜井に対して抱いていた敬意は、より大きな苦しみに耐え得る強さに対する憧憬の念でもあった。

桜井にしてみれば、ろくに勝てもしないのに、楽しそうにレースをしていた純也は、おめでたい甘ったれに見えただろう。

馬群は一コーナーに差しかかった。

一コーナーの外、こちらから見て左の奥に厩舎エリアがひろがっている。

調教取材をする沙耶香は、このあたりとスタンド前を何度も行き来していた。

先頭を走る馬が、一、二コーナーを右に回って行く。

十馬身ほど遅れたココロパンチも手前を右にスイッチし、コーナーを回る。

自然とポジションが下がり、最後方で向正面に入った。

純也は、この競馬場の向正面、いわゆるバックストレッチで馬上から眺める風景が好きだった。向正面は、東から西に伸びている。

今日のように晴れた日は、三コーナーの向こう側の赤城山が屏風絵《びょうぶえ》のように浮き上がって見える。

レース中に向正面を走るのは、時間にすると三十秒もない。それでも、純也が勝利を意識しなくなり、ハロンごとのラップを体内時計で計測するのをやめてから、以前の何倍も長く感じられるようになった。

不意に、父の姿が脳裏に蘇ってきた。

思い出したのは父の顔ではなく、実家の居間で新聞を読んでいる姿だった。

あれでよく文字が判別できるものだと思うほど、父は新聞を顔から離して読んだ。三十代や四十代で老眼になる人は案外多いのかもしれない。父は、近くのものは見づらいぶん、遠くのものはよく見えて、視力検査で二・〇の「C」の切れ目が、所定の位置より数歩後ろからでも見えると話していた。

それは純也も同じだった。騎手は、毎朝、緑豊かな環境のなか、馬上からずっと遠くを見つづける。そのせいか、視力が後天的によくなる者も多い。もともとよかった純也は、年々遠くがさらによく見えるようになっている。

もし父が生きていて、今の純也を見たら何と言うだろう。

——辞めなくてよかったな。

そう言って、笑ってくれるだろうか。

もうすぐ三コーナーに差しかかる。

三コーナーに入ると、赤城山から離れながら背を向け、スタンドへと近づいて行くことになる。

どんな距離のレースでも、このあたりから急激にペースが上がる。

直線が三〇〇メートルしかないので、さらに三〇〇メートルほどさかのぼった三コーナー過ぎからゴールまでの六〇〇メートルが、競馬において末脚の発揮どころとされる「ラスト三ハロン」となる。

ラスト三ハロンを何秒で駆け抜けたかは、競馬新聞の「馬柱《うまばしら》」と呼ばれる成績欄に必ず掲載される。

これまで純也がダート戦で乗った馬で、ラスト三ハロンを最速で上がったのは、今年の華厳賞を勝ったときのマイハリスホークだった。

そのときのラスト三ハロンは三十五秒〇。砂が深く、コーナーがきつい北関東競馬場においては驚異的なタイムだ。もちろん、出走馬中最速だった。二番目に速かったのは桜井が乗ったハイエアーの三十六秒五だった。それでも普通なら「素晴らしい切れ味」と絶賛される速さだ。が、あのときのマイハリスホークは、それを一秒半も上回った。一秒で五馬身ほどの差になると言われている。つまり、マイハリスホークは、三コーナー過ぎからゴールまでのラスト三ハロンで、あの強いハイエアーとの差を七馬身半ほども逆転し、差し切ったのだ。

例えば、ダート一二〇〇メートルとか、芝一六〇〇メートルといったように、レース全体の距離のレコードタイムはすべて記録に残っている。それに対して、ラスト三ハロンのレコードを記録する習慣は競馬界にないが、もし比べたら、あのときのマイハリスホークの三十五秒〇は、北関東のダート競馬史上最速の上がりではないか。

華厳賞のラスト三ハロンを示すハロン棒からゴールまでの三十五秒間は、異空間のトンネルを滑り抜けたかのようだった。時間の流れも、耳に入り込んでくる音も、空気の肌ざわりまでも、すべてが全身の神経に絡みつくような、不思議な感覚だった。

今、それを思い出したのは、ココロパンチの走りのリズムと、手綱から伝わってくる手応えが抜群にいいからだ。

――なあ、おれをあの世界に連れて行ってくれないか？

先行馬群はすでに三コーナーに入っている。

流れが一気に速くなった。

もうステッキを入れている騎手もいる。

「6」と記された、ラスト六〇〇メートル標識、つまり、ラスト三ハロンのハロン棒を通過した。その瞬間、ココロパンチが自分から馬銜《はみ》を取り、全身の筋肉を大きく収縮させた。

これが純也の呼びかけに対する、ココロパンチの返答だった。

一完歩ごとの飛びが、少しずつ大きくなっていく。

周囲の風景の流れ方が変わった。

全身が受ける風圧も急に強くなった。両膝を開き、その間に上体を嵌め込むような格好にしないと体ごと後ろに持って行かれそうになる。

耳に入り込んでくる音も変わった。

ココロパンチの蹄音と呼吸音以外のすべての音が遠ざかっていく。

自分たち以外の人馬は、透明な膜の外側を流動体のようになってうごめいている。

スピード感も、緊張感も、恐怖感も、高揚感も、悲壮感も、今の純也にとっては体の外側の感覚に過ぎない。

あるのは、騎乗馬との一体感だけだ。

ジェットコースターに乗せられたかのように、周囲の景色が後ろに流れていく。

——ここはどこだ？

問いかけたのは純也自身だった。

その刹那、我に返った。

十五年以上もの間、数え切れないほどの回数、馬とともに駆け抜けてきた常総競馬場の四コーナーに純也はいる。

さっきは遠くにあった、スピード感、緊張感、恐怖感、高揚感といったものが体のなかで膨れ上がり、今度は純也のすべてになろうとしている。

それらが沸点に達し、音を立てて弾けた。

全身が総毛立った。

古めかしいスタンドが視界のなかで大きくなってくる。幽霊屋敷のようにぼやけていながら、外れかけた外廊下の手すりのネジ穴まで見えるような気もする。

歓声と実況アナウンスが聞こえ出した。耳をつんざく大音量でありながら、ひとりひとりの声まで確かに届いていることが感じられる。

甘い匂いがした。馬体を洗ったシャンプーの残り香か。

口のなかに飛び込んできたキックバックの砂粒を奥歯で嚙みしめた。

四コーナーを回りながら横Gを感じる。

外側、つまり、左側を短くした鐙《あぶみ》で踏ん張りながら、足の裏に伝わるダートコースの砂の感触を確かめる。

今、純也の両足の神経の延長線上にココロパンチの四肢がある。

前脚でかき込み、後ろ脚で蹴る。

手綱を引いて首を起こし、瞬時に小指一本ぶん馬銜を詰め、肘をやわらかく使ってたてがみを押し込む。

最後の直線に入った。

自分たちの前と後ろには何頭の馬がいるのだろう。

胸の奥に、何かが急激に入り込んできた。

ドーンと掌底を打ち込まれたかのような痛みを感じた。

人々の期待、夢、希望、情熱、願い、喜び、怒り、悲しみ、諦めなど、さまざまなものを騎手は背負ってゴールを目指す。

その重みを感じることが、すなわち、騎手・一色純也の存在を感じることでもある。

直線では翼になりたいと思っている。

背中を水平にし、顔から首、胸、腹へと流れ込み、股の下から抜けて行く風が揚力を生じ、馬の感じる負担が軽くなることを願い、追いつづける。
スタンド正面に差しかかった。
ゴールはもうすぐだ。
風が急に冷たくなった。
再び現実感が遠のいていく。
沙耶香の声が聞こえる。
桜井がすぐ内で鞭を振るっている。
父がスタンドからこちらを見ている。
不意に、喜びの感情が伝わってきた。
純也の胸に染みわたるその喜びは、股の下から迫《せ》り上がってきている。
ココロパンチが喜んでいる。
自然と純也の頬が緩んだ。
天上から眩《まばゆ》い光が注いでくる。
その光はすべてを輝かせ、純也の前にひらけた道を白く照らした。

解説

小檜山悟

島田明宏氏との付き合いは、氏がまだ早稲田大学の学生だった三十年以上前に遡る。知り合いの放送作家が、背の高い、精悍《せいかん》な顔立ちの若者を連れてきた。聞けば、すでにテレビの仕事をしているものの、競馬に興味があり、将来は競馬マスコミの世界で働きたい、という。話をするうちに、学生らしからぬ落ち着いた雰囲気の中に、繊細な部分がある青年だな、という印象を受けた。

自分はその頃、畠山重則《はたけやましげのり》厩舎《きゅうしゃ》の調教助手だった。取材される側であり、取材する側に特別なコネがあるわけではない。そのときは親しい競馬記者を紹介したに過ぎなかったが、数年後、氏はライターとして競馬サークルに出入りするようになった。

一九九〇年夏。氏と深く交わるきっかけとなる出来事があった。

一九八九年に初の全国リーディングをとったデビュー三年目の武豊《たけゆたか》騎手は、前年に引き続き、一九九〇年の夏もアメリカへ海外遠征をおこなった。この遠征に武騎手から声をかけてもらい、同行することになった。自分が一九八六年、研修のため海外の厩舎で働いた経験があることを知っていたからだ。記者として島田氏も同行し、約十日間をいっしょに過ごすことになった。

この十日間は自分にとっても貴重な体験となった。調教やレースに同行し、時に現地厩舎の関係者やマスコミと武騎手との対応も自分がやったりしていた。知らない人からすれば、武騎手の通訳だと思われたことだろう。父親の仕事の関係で、子どもの時から海外を巡り、高校時代をアフリカで過ごした自分にとって、英語での交渉ごとはお手のものだった。

仕事としては武騎手の調教やレースが終われば基本的に終了となる。夜は英気を養うためみんなで一杯となるのが常だった。

同部屋の島田氏は、食事を終え、部屋に帰ってきたあとも、デスクへ向かい、さかんにペンを走らせていた。こちらは早々にベッドに入り就寝。朝方目を覚ますと、島田氏が同じ姿勢でいたことも。ほぼ徹夜で執筆していたようだ。その情熱はどこから来るのか、呆《あき》れるばかりだった。

さらに驚いたのは、この遠征記が記事になったときのことだ。同じ空気を吸い、同じものを見聞きしながら、文章で表現されたものはまったく違う。感性の違いといえばそれまでだが、「こんな見方をしていたのか」と感心させられる内容だった。

島田氏はこの遠征を契機に武騎手と急激にその距離を縮めた。数年後、それはノンフイクション『「武豊」の瞬間』に結実する。数ある武騎手関係の本の中でも名著だと自分は思う。武氏との関係はその後さらに深くなり、多くの著作をものした。「島田明宏にしか書けない武豊」という新しいジャンルを作ったといえる。

その後さらに腕に磨きをかけ、優れた著作を世に出した。中でも白眉は二〇一一年に出版された『消えた天才騎手　最年少ダービージョッキー・前田長吉の奇跡』だろう。丁寧に文献を調べ、関係者にインタビューを取り、故人の足跡をしっかりと表現した。JRA馬事文化賞は当然の結果だと思う。

ノンフィクションの分野で活躍する氏だが、近年は、NHKドラマの原作にもなった『絆《きずな》〜走れ奇跡の子馬〜』など、小説の執筆も手がける。競馬ライターとして確固たる地位を築いた島田氏が「小説の分野にも進出したか」と知らない人は思うかもしれない。

実際、島田氏がどう思っているかはわからないが、昔から氏を知る自分の印象では逆なのだ。

出会った時から、彼は小説が書きたかったのだと思う。そのために歳月を費やし、技術を磨いてきたように自分には思える。取材フィールドは競馬であり、対象は武豊やディープインパクトだったかもしれないが、書いてきたものは「物語」であり「小説」だった。一九九〇年、深夜のアメリカのホテルで見た彼の情熱の源泉はそこにあると自分は見ている。

最近、自分も競馬雑誌に雑文を書かせてもらっているが、つくづく思うのは、ライターと作家は違うということだ。ライターは分かりやすく読者に事実を伝えるのが仕事で文章は一つの表現道具に過ぎない。しかし作家は文章そのものが作品であり、それを地道に紡ぐことによって「物語」や「世界」を作る。同じように文章を扱っていてもまるで異なる。

その意味で、島田氏はライターではなく徹頭徹尾、作家なのだと思う。「二足のわらじ」の自分のような雑文書きは、競馬に例えるなら、草競馬を走る馬に過ぎない。島田氏は違う。G1を狙える器なのだ。その島田氏が、近年は作家として数々の小説をものして、G1戦線に顔を出してきた。「競馬サスペンス」という分野に挑戦したこともその一環なのだろう。小説の世界でG1を奪取する日もそう遠い先のことではないと思っている。

「解説をお願いしたいのですが……」

島田氏から直接電話をもらったのは六月のことだった。『ダービーパラドックス』『キリングファーム』と競馬サスペンス二作品を上梓《じょうし》している島田氏の三作目だという。大変光栄なお話だが、草競馬レベルの雑文書きが、G1クラスのりっぱな小説に解説とはおこがましいのではないかと、最初は躊躇《ちゅうちょ》した。「俺でいいの?」率直に聞いた。「ぜひに」というありがたい言葉に後押しされて引き受けることにした。

本音をいえば、電話をもらったとき、非常にうれしかった。学生のときから知っていた作家の卵が、その才能を開花させ、いよいよ本格的に飛翔《ひしょう》しようというときに声をかけてくれたのだ。雑文とはいえ多少書くことになれてきていたので、それも少しは認めてくれたのかもしれない。

『ダービーパラドックス』『キリングファーム』の二作品を読ませてもらい、サスペンスとしてのストーリーもさることながら、仕掛けやネタが面白い、と思った。昨今の競馬界の事情も反映されている。

そして三作目。『ジョッキーズ・ハイ』では、ますますその点に磨きがかかってきた。だんだん手馴《てな》れていく印象だ。

ストーリーに注目せざるをえない事情もあった。

二〇一九年六月、中央競馬を震撼《しんかん》させる事件が起きた。競馬ファンなら知っている禁止薬物の混入事件だ。

島田氏のこの作品も二〇一八年に岩手競馬で実際に起きた禁止薬物混入事件に触発されたとのことだが、中央競馬でも事件が起きた。飼料といっしょに与えるサプリメントから禁止薬物が出たのだ。自分の厩舎からも競走除外馬が出た。当事者の一人として、軽々にものは言えないが、小説の世界が現実に染み出してきた印象だ。結果的に中央競馬の事件は、サプリメント製造元のミスと原因が判明した。岩手競馬の事件とは質が異なるものの、より厳しい検査システムの再構築が必要な事態となった。島田氏が禁止薬物の問題を小説で取り上げたのは先見の明があったと言わざるをえない。

物語の舞台は地方競馬。「北関東競馬会」に所属する騎手・一色純也《いっしきじゅんや》が主人公だ。デビュー十六年目の中堅騎手だが、成績はパッとしない。同期の一流ジョッキー・桜井雅春《さくらいまさはる》にはだいぶ水を空けられている。それでも陰で「攻め馬大将」と呼ばれ、騎乗技術は評価されていた。ある日、騎乗したレースで、二着馬から禁止薬物が検出された。それも興奮剤などではなく筋肉増強剤だ。偶然混入するとは考えにくく、誰かが意図的に使った可能性が高い。北関東競馬会は蜂の巣をつついた騒ぎになり、関係者は事情聴取され、全頭検査が行われた。それにもかかわらず、同じ禁止薬物がその後のレースでも上位馬から検出される。犯人は誰なのか、どのような意図で行われたのか。自身も容疑者として疑われた純也は、汚名を晴らすべく、恋人の競馬ジャーナリスト・夏山沙耶香《なつやまさやか》とともに事件の真相を追っていく。一癖も二癖もある騎手、調教師、厩務員《きゅうむいん》、馬主、事務方スタッフと、多くの厩舎サークル関係者に疑惑の目を向けるが、決定的な証拠は見つからない。ドーピング問題で揺れる中、純也の騎乗に転機が訪れる。急に騎乗馬が走り出し、成績が急上昇。椿事《ちんじ》ではおさまらない事態となった。果たして、禁止薬物混入事件と関係があるのか？　それとも騎手としての純也の覚醒なのか？　新たな疑惑が浮上する中、真相に迫る純也たちに危機が訪れる。ここから先はネタバレにつながるので、ぜひご自身でお読みいただきたい。

メインストーリーは上記の通りだが、競馬に関する細かいディテールや展開につながる仕掛けが随所にちりばめられている。読んでいてワクワクやドキドキが続き、読者を飽きさせない。改めて島田氏の手腕に舌を巻く。

各シーンの描写も秀逸。特にレースシーンは、長年現場で競馬を見続けてきた記者の目が発揮されており、読者をひきこまずにはいられない。『ダービーパラドックス』『キリングファーム』のときもすごいと思ったが、三作目になり、さらに磨きがかかってきた。客観的でありながら、騎手心理を織り込んだ見事な表現をぜひ堪能《たんのう》してほしい。まるで映画を見ているかのようなカーチェイスのシーンも素晴らしい。競馬のレースシーンと甲乙つけがたい味がある。かつてモーターサイクルの世界も取材した経験も生かされている。作家・島田氏が持つ匠《たくみ》の技のひとつなのだろう。

本のタイトルにもなった「ジョッキーズ・ハイ」について話したい。実際にそんな現象はあるのか？　自分は騎手ではないので本当のところはわからないが、似たような経験はある。

畠山厩舎の調教助手として騎乗していたある日のこと、それまでどう乗ってもうまく制御できなかった馬が、スポッと手の内に収まり、自在に操れるようになった。突然のことで自分でもあきれたぐらいだから、意図してできたわけではない。宗教でいうところの解脱の瞬間とでも言おうか。その日以来、どの馬も自在に操れるようになった。周囲も「うまく乗れるようになったな」と急に声をかけてくれる。

今思えば、それまでは馬を「鍛えよう」、「なんとかしてやろう」という一念で乗っていたように思う。うまくハマった馬には乗れるが、そうでない馬とは少なからず喧嘩《けんか》しながら乗っていた。それが突然和解できた。「馬乗りは力だけではない」心からそう思った瞬間だった。

島田氏がすごいのは、馬乗りではないのに、そういった「解脱」の瞬間を知り、それを見事に表現していること。おそらくは武豊騎手を始め、多くの騎手とのインタビューを通じて引き出したものだろう。

騎手は自分からそれを口にすることはないはずだ。各人が持っている感覚の世界だから。そこに踏み込んで、果実を搾り込むように、最後の一滴を抽出する。そんな技術なのだろうと想像する。

島田氏の次回作がますます楽しみになってくる。

読んでいて思わず失笑してしまうシーンがあった。騎手を目指す中学生の純也に母親が猛反対するときのセリフだ。

「あんた、昔から『詐欺師、ペテン師、調教師』って言われてることを知らないの!?」

大昔はともかく、公正競馬が徹底している現代では時代錯誤かとも思うが、調教師のコメントで馬券を買って外した経験をもつファンにとってはいまだにそんなものかもしれない。

弁解させてもらえるなら、コメントは正直にしている。ただ、長年厩舎サークルにいるものなら知っている事実がある。それは「馬はわからない」ということ。だからこそ、競馬は成立する。

みなさん「一番人気の馬が負け、十番人気の馬が勝った」からといって「詐欺師、ペテン師、調教師」なんていわないでください。「馬はわからない」が競馬の基本なんですから。


（こびやま・さとる　ＪＲＡ調教師）

本書は、集英社文庫のために書き下ろされた作品です。

本文デザイン／高橋健二（テラエンジン）
挿絵／水口かよこ

集英社文庫

ジョッキーズ・ハイ

2019年9月25日　第1刷　　定価はカバーに表示してあります。

著　者　島田明宏《しまだあきひろ》

発行者　徳永　真

発行所　株式会社　集英社
東京都千代田区一ツ橋2-5-10　〒101-8050
電話　【編集部】03-3230-6095
【読者係】03-3230-6080
【販売部】03-3230-6393（書店専用）

印　刷　図書印刷株式会社

製　本　図書印刷株式会社

フォーマットデザイン　アリヤマデザインストア　　マークデザイン　居山浩二

ISBN978-4-08-744029-4 C0193